Collection **L'Imaginaire**

Chantal Akerman

MA MÈRE RIT

Mercure de France

Cet ouvrage a paru pour la première fois dans la collection
«Traits et portraits» dirigée par Colette Fellous
du Mercure de France.

Chantal Akerman est née en 1950 à Bruxelles de parents polonais survivants de l'Holocauste. Considérée comme l'une des cinéastes d'avant-garde les plus importantes de sa génération, elle est décédée en 2015 après avoir écrit et réalisé plus de quarante films, dont *Jeanne Dielman, 23, quai du Commerce, 1080 Bruxelles*, en 1975, son chef-d'œuvre féministe, aujourd'hui cité en référence dans le monde entier.

1

J'avais seize ans, je débarquais de mon Afrique natale dans un monde que je n'aimais pas. J'avais vu *Les Dix Commandements* et *Docteur Jerry et Mister Love* aux cinémas en plein air de mon enfance. Et puis il y a eu *Les Rendez-vous d'Anna* qui sont venus rencontrer mon errance. Tu m'as ouvert un monde, le tien. Et du cinéma il s'agit bien de cela, le recréer, le représenter par un plan, un silence, un mouvement, comme un dialogue en résonance entre toi et moi. J'ai traversé avec Anna nos propres solitudes, je ne savais pas que voir un film, c'était cela. Ce sera, depuis, l'aspiration que je cherche de film en film, « permettant et obligeant à dériver, à errer, à être nomade[1] ».

Tu dis d'Anna qu'« elle est grave, d'une gravité simple, pas jouée. Elle n'essaie pas de séduire, c'est sans doute ce qui fait d'elle un être autonome, elle n'a pas besoin de plaire

1. Chantal Akerman, *Autoportrait en cinéaste*, Éditions du Centre Georges-Pompidou/Éditions des Cahiers du cinéma, 2004, p. 81.

pour exister[1].» C'est aussi ce que j'ai trouvé dans le film, une puissance féministe, étouffée jusqu'alors et qui ne nous avait pas été enseignée par nos mères, à peine sorties d'un autre siècle. Ton monde intérieur tissait un lien intime entre nous toutes.

Vingt ans plus tard, on s'est retrouvées toi et moi dans une Rolls Royce, on préparait *La Captive*. Et pour être précise, c'était une Bentley, mais toi et moi on n'y connaissait rien aux bagnoles, on savait juste que James Stewart en a une belle dans *Vertigo*.

Tu aimes par-dessus tout te promener en voiture, à la place du passager, tu sais faire plein de choses mais tu ne sais rien de l'embrayage ni du créneau, ce qui compte pour toi c'est de voir le monde défiler à travers la fenêtre de l'espace clos de l'automobile, on le regarde avec cette *attention flottante*[2] propice à ce que les choses adviennent. C'était le début de l'été, la lumière de Paris était sublime, notre petit Marcel n'était pas loin de nous, c'était l'année de l'éclipse. Le film a été baigné de grâce, il nous a tous liés pour la vie. Pour moi, il a été fondateur, j'ai trouvé une famille. Un peu plus tard, tu m'as dit que c'était sans doute l'un des films qui avaient le plus compté pour toi.

Demain on déménage, on l'a préparé dans la cuisine, tu faisais les pâtes, et nous la vaisselle. Je n'ai jamais compris comment on pouvait faire autant de vaisselle pour un seul plat de pâtes. Ta façon de traiter le réel sans doute, tu te fous des contingences. Tu fais toujours que ce que tu veux, tu es un être absolument libre. Bon, mais tout de même, nous on faisait la vaisselle, c'est sans doute qu'on avait encore à apprendre. Tu nous as insufflé ta force et on a partagé nos

---

1. Dialogue avec Aurore Clément à la Cinémathèque, le 26 février 2018. https://www.cinematheque.fr/video/1198.html (24:16)

2. Les expressions en italique sont ses mots.

détresses. On a beaucoup ri, chanté fort, dansé aussi, fumé trop, *c'était gai.*

Puis, tu nous as parlé du petit carnet de la mère de ta mère, disparue à 34 ans en 1942, son journal, ses croquis, le cœur du film.

Et cette scène : « Après cela, la mère Aurore qui se plaignait toujours que sa fille fume, prend une cigarette, et fume, avec sa fille en regardant droit devant elle. Nous étions devant elle, toute l'équipe, pourtant elle a l'air toute seule. On dirait même qu'elle n'a pas d'enfant. Ma mère m'a toujours dit, un jour il faudra que tu fasses quelque chose avec ce carnet. C'est fait ou presque. Ma mère a regardé Aurore jouer cette scène et soudain, j'ai vu des larmes dans ses yeux. Elle essayait de les retenir. Mais n'y arrivait pas, c'était des petites larmes très discrètes. Le lendemain, je lui ai téléphoné, elle m'a dit, tu sais je me sens enfin bien. Enfin, elle a versé une larme. Trente-trois ans de travail avec tant de tours et de détours, elle se sent enfin bien. Est-ce ça que je cherchais ? Je n'en sais vraiment rien. Peut-être. J'aimerais le croire. Mais honnêtement pas seulement[1]. »

Le cinéma travaille comme ça, l'écriture aussi sans doute. Un long chemin où s'entremêlent notre histoire, notre rapport au monde, *nos trous*. Ces trous que nous ne savons pas dire mais que le geste artistique nous aide à combler. Un geste qui nous aide à résister et qui peut-être atteint l'autre. Ou pas. Ton œuvre questionne l'altérité derrière chaque plan, chaque mot, et aussi nos solitudes et notre désir.

Il ne s'agit jamais pour toi de réalisme ni de vraisemblance, encore moins de psychologie. C'est une histoire d'instinct et aussi de liberté - celle que nous permettent le cinéma et la littérature. C'est ainsi que tu as réinventé le monde. Parce que tu n'as pas d'interdit et que seule ton

1. Chantal Akerman, *Autoportrait en cinéaste*, *op. cit.*, p. 73.

intuition compte, elle devient matière, elle est universelle et alors tout devient possible.

Proust est une évidence pour toi, le rituel, les couloirs, l'enfermement, l'espace-temps de la chambre et la liberté d'Albertine. Conrad aussi finalement, les grandes tempêtes sont intérieures, la dérive, la folie, la nature, une aventure sensorielle.

L'écriture n'est jamais loin de ton cinéma, tes textes sont de l'ordre de l'oralité, de la musique aussi, le rythme de la voix comme le battement du cœur. Tu écris comme tu parles, décrivant un quotidien qui en dit long sur ce qui reste dans le silence. Un hors champ qui convoque la puissance des sentiments. D'une sincérité absolue, d'une frontalité irréductible.

J'entends ta voix, Chantal, et je vois l'immensité de tes yeux bleus grands ouverts sur le monde, les derniers moments résonnent en moi comme un profond désir de liberté. Ton œuvre restera fondatrice encore. Et pour toujours.

À tout de suite…

Sabine LANCELIN
Paris, rue Croulebarbe le 6 juin 2021,
d'où je vois le ciel de mon lit.

2

J'entre chez Chantal Akerman quand elle coupe.

Le montage est l'essence de ses films. Quand un plan s'arrête, il résonne et dévoile ce que nous avons manqué de voir. Chaque plan retentit, écho d'un autre. Le manque au présent. Le battement du plan.

En 1997, quand elle réalise un portrait d'elle-même pour la série *Cinéma de notre temps*, Chantal se confie : elle fait du cinéma, peut-être, pour ne pas se confronter à la littérature. Alors quand elle écrit *Ma mère rit*, elle nous invite au cinéma arrêté, dans les instants photographiques tirés de sa vie, de ses films ; de(s) coupures.

Ses mots entrecoupés d'images.

Ces mots entrecoupés par des pleurs. Quelques fois par des rires. Des vagues.

La délicatesse la pousse à s'interrompre tout le temps, elle s'arrête, se censure, s'efface. « Moi je suis un mélange de mon père et de ma mère alors j'ai de la pudeur et soudain plus du tout. » Lorsque Chantal fait sien l'héritage de sa mère, lorsqu'elle ne se corrige plus, elle nous offre une émotion brute, un élan spontané. *Ma mère rit* nous permet d'empoigner ses maux.

L'un des drames de ce récit, c'est le silence des coups reçus. La violence, du coup. Peu importe qui aime, peu importe le genre chez Akerman, mais importe le corps. Le corps vit, le corps vacille. Dans son écriture, les gestes qui font mal se confondent avec ceux qui font du bien. Mais Chantal n'accuse jamais, ne dénonce pas, ne normalise pas non plus. Elle veut simplement se raconter. Chacun.e son histoire. Elle énonce des faits sobrement comme des « événements » intégrés, latents, inconscients. À la manière d'une image impressionnée sur une pellicule à développer… Et qui attend d'être révélée selon un « rythme technique » unique, sensible.

Des phrases hachées, comme des anaphores,
Qui n'en sont pas.
Des phrases sans trêve, comme une litanie,
Qui ne le deviennent jamais.

Ici, les souvenirs de Chantal Akerman apparaissent comme des impulsions pour évoquer un passé au présent. Chantal, c'est comme la vague au bord du rivage, qu'on entend quand on se tait. Elle écrit à la première personne, mais soudainement c'est sa mère qui parle. La voix de Chantal se métamorphose, devient celle de sa mère, ou peut-être est-ce l'inverse.

Si sa mère ne lui raconte rien, alors elle raconte sa mère. Trouver la marque de l'héritage, c'est désigner ses racines, pour empêcher celles du mal.

« Elle me disait que des choses formidables. Sinon elle ne pouvait rien dire. »

Si la mère rit, c'est peut-être pour que la fille puisse pleurer ?

Ce livre est un cadeau oublié.

Inès **TABARIN**

MA MÈRE RIT

J'ai écrit tout ça et maintenant je n'aime plus ce que j'ai écrit. C'était avant, avant l'épaule cassée, avant l'opération du cœur, avant l'embolie pulmonaire, avant que ma sœur ou mon beau-frère ne m'appelle pour lui dire au revoir (à tout jamais). Avant qu'elle ne revienne chez elle à Bruxelles pour toujours.

Avant qu'elle ne rie.

Avant que je comprenne que j'avais peut-être tout compris de travers.

Avant que je comprenne que je n'avais qu'une vision tronquée et imaginaire. Et que je n'étais capable que de ça. Ni de vérité ni à peine de ma vérité.

Maintenant ma mère vit et est en bonne santé. C'est ce que tout le monde dit et tout le monde dit aussi qu'elle est forte et personne ne comprend comment elle a survécu.

Elle a mal partout mais ses cheveux ont repoussé. C'est un miracle.

Elle a repris du poids. Elle arrive presque à se débrouiller avec son épaule cassée. Faut quand même encore l'aider à s'habiller, se déshabiller, couper sa viande et beurrer sa tartine. Elle ne peut pas se promener seule non plus et ça c'est vraiment dommage. Heureusement il y a Clara qui vit avec elle tout au bout de l'appartement, comme ça chacune a son intimité. Clara vient du Mexique. Elle est la sœur de Patricia qui nettoie chez elle.

À Noël et au Nouvel An, elles font des fêtes et invitent ma mère. Ma mère dit que ça ne fait rien Noël et le Nouvel An mais elle est contente d'être invitée et chez les Mexicains il y a beaucoup d'ambiance et elle adore ça. Elle revient de ces fêtes le rose aux joues et les yeux brillants.

Elle rit souvent au milieu de ses plaintes. Elle a du plaisir.

Je l'écoute rire. Elle rit pour un rien. Ce rien, c'est beaucoup. Même parfois le matin, elle rit.

Elle se réveille fatiguée mais elle se réveille et entame la journée.

Je suis revenue de New York pour passer quelques jours avec elle.

Et je ne sais pas pourquoi ni comment mais elle me laisse exister comme je suis.

Mon désordre ne semble plus la déranger. Elle a l'air de ne plus l'apercevoir. Elle accepte. Elle m'accepte comme je suis. C'était pas comme ça avant mais depuis qu'elle a senti la mort et qu'elle s'en est sortie elle a changé. Elle sait ce qui est important et ce qui ne l'est pas et elle m'accepte.

Parfois elle parle encore de ma naissance et du fait que son lait ne me convenait pas et qu'elle voyait son enfant dépérir et que c'était terrible. Un jour on a fini par trouver un lait qui me convenait. Qu'est-ce qui serait arrivé sinon.

Elle rit.

J'aime entendre son rire.

Elle dort beaucoup, mais elle rit. Elle a du plaisir. Puis elle dort.

Elle a enfin accepté son âge. Elle sait qu'il faut qu'elle se couche au milieu de son lit pour ne pas tomber pendant la nuit. Elle sait qu'il faut laisser un peu de lumière dans le couloir qui mène aux toilettes. Elle sait que quelqu'un dort au bout de l'appartement non loin d'elle au cas où. Elle sait tout ça et elle est d'accord. Elle aime ça. Elle aime quand Clara apparaît. Elle aime lui parler et rire avec elle. On dirait deux amies qui se connaissent depuis toujours.

C'est ma sœur qui a eu cette idée. Elle a pensé que ma mère ne pouvait plus vivre seule et Clara est rentrée en Belgique avec elle et pour l'instant tout se passe bien.

Elle aime les Mexicains, c'est-à-dire la sœur de Clara et ses fils quand ils viennent lui dire bonjour et manger avec elle. Ils sont chaleureux et rient avec elle. Et ça fait du bien. Ça fait tellement de bien qu'elle ne peut plus s'en passer. D'ailleurs elle aime quand il y a des gens chez elle. Même le plombier qui est venu d'urgence avec sa petite fille. Toute la nuit j'avais écopé parce que de l'eau venait des voisins et ça ne s'arrêtait pas. C'était vraiment un événement et même cet événement, au fond, elle l'aimait même si elle se demandait pourquoi ça arrivait et qu'elle se disait que son building vieillissait et qu'elle espérait qu'elle n'aurait pas de frais parce qu'elle vit avec peu et s'il fallait en plus payer des réparations, elle ne sait pas ce qu'elle ferait.

Elle sait qu'elle peut compter sur ses filles mais elle n'aime pas. Elle n'aime pas demander. Elle veut se débrouiller avec ce qu'elle a. C'est-à-dire pas grand-chose. Elle a pourtant beaucoup travaillé dans sa vie avec mon père mais n'a pas été déclarée. Alors il faut qu'elle se débrouille avec sa pension des Allemands et sa pension de prisonnier de guerre. Et puis aussi avec un appartement que mon père avait acheté pour moi pour que j'aie quelque chose.

Cet appartement on le loue alors ça lui fait quelque chose en plus mais pas beaucoup parce que l'appartement n'est pas formidable et qu'elle le loue très peu.

Quand le plombier est arrivé avec sa petite fille, elle a tellement aimé cette petite fille avec ses cheveux torsadés qu'elle n'en pouvait plus. C'était tellement beau et la petite fille était calme et souriante. Ma mère lui a donné du jus d'orange.

Le plombier faisait un bruit terrible avec une machine spéciale pour le débouchage mais tout s'est arrangé et je n'ai plus dû écoper toute la nuit.

Le plombier lui a dit que cela pourrait encore arriver parce que les tuyaux étaient vieux. Ma mère a dit on verra bien. Chaque chose en son temps. Elle s'est dit que si ça arrivait dans dix ans elle ne serait peut-être plus là et que ce serait à ma sœur de s'en occuper parce que moi je n'ai pas l'esprit pratique. C'était pourtant moi qui avais téléphoné au plombier alors que c'était la Noël et le plombier est venu. Et elle a ri.

Elle a du mal à quitter son appartement. Elle ne sort presque plus jamais et pourtant elle ne parle que de ça, de sortir, mais il fait sombre et humide, c'est l'hiver. Et elle sait que l'humidité est néfaste pour elle qui a été si malade. Mais même quand il fait un peu moins humide et ça arrive parfois même à Bruxelles en ce mois de décembre, elle ne sort pas. Seulement sur la terrasse et ça s'arrête là. Elle regarde le jardin désolé du rez-de-chaussée, elle regarde le chat, elle regarde le chien. Elle voit la chaise longue qui s'est retournée à cause du vent qui emporte tout sur son passage. Mais à part ça il n'y a personne dans le jardin. Les enfants ne sont plus là. Sans doute à l'intérieur. Dès le printemps, elle les reverra et elle se réjouit. Elle attend le printemps et elle sait qu'il arrivera et qu'elle entendra les oiseaux passer. Elle aime ça.

Moi je n'y arrive pas. Je n'arrive pas à attendre le printemps. Je suis dans l'hiver avec des nuages sombres et lourds qui ont l'air d'être là pour toujours.

J'ai l'impression que c'est la fin mais ce n'est pas la fin.

Je ne sais pas ce que je vais faire ni où je vais vivre et si je vais encore partir quelque part. Mais je vais partir à Paris dans mon appartement. J'ai un appartement. C'est chez moi. C'est ce qu'on dit, chez moi.

Mais je ne sens pas que j'ai un chez-moi ni un ailleurs. Quelque part où se sentir chez soi ou ailleurs.

Parfois je me dis je vais aller à l'hôtel, là ce sera un chez-moi ailleurs, là je pourrai écrire.

J'ai relu tout ce que j'ai écrit et cela m'a profondément déplu. Mais que faire, je l'ai écrit. C'est là.

Je me dis que si je retravaille, peut-être que cela me déplaira moins. Pourtant pendant les mois où je ne faisais rien, je me disais bientôt je recommencerai à écrire, ou je continuerai et ce sera bien.

Ma mère dort dans son fauteuil électrique comme dans les avions. C'est un fauteuil extraordinaire comme les avions en business class. Elle adore ce fauteuil et dort très souvent dedans, comme ça elle n'a pas l'impression de rester dans son lit.

Le lit c'est terrible. Il vaut mieux n'y aller que la nuit.

Le jour elle dort dans son fauteuil dans la salle à manger et elle a encore l'impression d'exister. On sonne, elle entend pour une fois, elle n'entend pas toujours, elle va ouvrir, souriante. Elle est si contente d'avoir entendu et elle est si contente que quelqu'un vienne. D'ailleurs c'est Andrée et elle adore Andrée. C'est une grande femme blonde qui adore parler. Ma mère adore parler aussi alors tout va bien entre elles.

C'est vendredi et elle va manger du poisson et elle se réjouit.

Oui, des solettes. Les solettes ce sont des petites soles. Elle aime les solettes. Moi aussi, mais je ne me réjouis pas et je me demande pourquoi.

Elle se réjouit, elle se réjouit tant que je finis par me réjouir aussi.

Elle dit que la chair des solettes est bien plus délicate que celle des soles.

Andrée vient l'aider le vendredi et jeudi elle se réjouit déjà. Elle pense aux solettes et elle pense à Andrée, si bien élevée.

Elle aime Andrée, elle aime la manière qu'a Andrée de lui préparer les solettes avec une sauce au beurre et au persil.

Elle connaît tout d'Andrée, elle sait qu'elle a deux fils bien élevés comme elle dit, l'un va même devenir avocat. Elle sait que le mari d'Andrée est commissaire à la police judiciaire et qu'il n'emmène jamais ses armes chez lui. Il ne veut pas que ses deux fils s'habituent aux armes. Il ne veut pas que ses deux fils travaillent à la police, il en a trop vu. Ma mère comprend.

D'ailleurs elle comprend tout ou presque tout. Et la vie d'Andrée l'intéresse. Oui, la vie des gens qu'elle rencontre l'intéresse et dès qu'on lui raconte quelque chose qui est à peine amusant elle rit.

Elle rit avec Samira, avec Maria, avec Sonia, elle rit avec toutes.

Toutes ces femmes on les appelle des aides familiales.

Et ma mère qui ne sait quasiment plus rien faire toute seule et certainement pas se laver ni s'habiller ni plein d'autres choses a droit à une aide familiale tous les jours. Elles font les courses et le déjeuner et la lavent.

Elle entre doucement dans le bain et se réjouit. Elle s'accroche à une barre d'acier et l'aide familiale vérifie si l'eau est à la bonne température puis douche ma mère doucement et ma mère est contente, elle se sent mieux.

Cela ne la dérange absolument pas d'être nue devant n'importe laquelle des aides familiales. Heureusement ma mère n'a pas ce genre de dérangements et cela ne la dérange pas qu'on la voie nue. D'ailleurs à force elle a dû s'y habituer. Cela n'a pas été le cas pour mon père qui était très pudique, mais lui aussi il a dû s'y habituer quand il est tombé très malade. Ma mère est une femme moderne et la nudité ne la dérange pas. Je ne dis pas qu'elle n'a aucune pudeur. Mais juste ce qu'il faut, pas plus. Alors les choses et spécialement la nudité, ce n'est pas quelque chose qui la dérange. Je ne dirais pas au contraire mais parfois je me demande. Moi je suis un mélange de mon père et de ma mère alors j'ai de la pudeur et soudain plus du tout.

Un jour, aucune aide familiale n'est venue parce que c'était la Noël. Alors j'ai dû la laver moi-même.

Cela ne la dérangeait pas non plus d'être nue devant moi. Mais moi si. Elle aimait ça que je la lave. Moi pas.

Je l'ai fait et puis c'est tout. Je ne lui ai pas dit que ça me dérangeait et je me suis dit cela ne devrait pas me déranger. Et d'ailleurs est-ce que ça me dérangeait tant que ça. Au fond non. Juste un peu.

Puis quand l'aide familiale est là, c'est-à-dire tous les jours sauf à la Noël, elle la savonne des pieds à la tête, doucement pour ne pas lui faire mal et l'odeur du savon la réjouit. Elle respire et dit ça sent bon. Puis l'aide familiale, l'une ou l'autre, la sèche doucement et l'aide à s'habiller dans sa chambre. Juste le haut. Il faut lui passer son pull-over par la tête puis glisser son bras à l'épaule cassée dans une manche, la deuxième manche elle s'en sort ou presque, on l'aide quand même. Pour le reste elle s'en sort et elle est contente de s'en sortir.

Après elle essaye de soulever son bras gauche à l'aide de son bras droit comme le lui a montré le kinésithérapeute. Elle fait ça plusieurs fois. Elle se demande si cette fois elle a pu remonter son bras gauche plus haut que la dernière fois, elle me montre, me demande si oui ou non et je dis, je crois. Mais je ne sais pas.

Elle a de l'espoir, elle pense qu'un jour elle pourra le faire, qu'elle fera des progrès, en tout cas un peu, suffisamment pour couper sa tartine, suffisamment pour s'habiller et se déshabiller toute seule.

Elle pense qu'à quatre-vingt-cinq ans elle peut encore faire des progrès, elle le pense vraiment et elle essaye. Et le kinésithérapeute la félicite à chaque fois. Et il dit ça va mieux. S'il le pense je ne sais pas mais il le dit. Il dit aussi que ma mère a un très beau dos et ma mère rit et se réjouit. Il connaît les compliments qui font plaisir. Et il a vite tout compris de ma mère. D'ailleurs elle est très souple et elle a réussi grâce aux exercices à muscler ses jambes.

Elle s'applique à faire les exercices et le kiné la félicite.

Quand je suis là il dit, mais regarde-moi ça, regarde-moi ces jambes et son dos.

Il dit elle est tellement souple on dirait une jeune femme. Il y a même des exercices qu'il n'arrive plus à faire lui-même parce qu'il est raide, il n'a pourtant que cinquante ans.

Il dit la souplesse on naît avec elle et si on ne naît pas comme ça il faut faire tant d'exercices pour atteindre cette souplesse et dès qu'on les arrête elle repart.

Il montre à ma mère comme il est raide et dit que ma mère a de la chance, elle a toujours été souple, c'est ce qui la maintient et moi aussi.

Et ma mère rit et après la visite du kiné elle n'arrête pas de répéter ce que le kiné lui a dit et elle est très contente. Elle dit j'ai toujours été souple et toi aussi. Je t'ai transmis ma souplesse. Au moins ça.

Clara qui vient du Mexique, ce qu'elle préfère entre autres, c'est faire la cuisine et quand il y a un peu de monde chez ma mère elle se réjouit et fait des plats un peu compliqués. Tout le monde la félicite et tout le monde pense que ma mère a de la chance d'avoir Clara et c'est vrai.

Malheureusement elle a parfois, surtout quand je suis là, de longues migraines ophtalmiques qui peuvent durer quatre jours. Heureusement je suis là pour aider ma mère à s'habiller, se déshabiller, couper sa viande.

Je crois que Clara choisit le moment où je suis là pour avoir de longues migraines. Elle sait que je ferai ce qu'il y a à faire. Alors les migraines arrivent.

Ma mère se fait du souci. Parfois elle frappe à la porte de Clara. Elle voit Clara dans le lit le dos tourné. Elle ne peut pas voir son visage alors elle referme doucement la porte et dit il faut la laisser tranquille.

Ma mère a du respect pour Clara et son intimité. Elle a tout le temps envie d'aller voir mais elle se retient.

Je dis quand elle se sentira mieux elle se lèvera, ne t'inquiète pas. Elle sait qu'on a tout fait pour ces migraines. Mon neveu, au Mexique, est allé avec elle chez le plus grand spécialiste. Il lui a donné des médicaments, mais ça ne va pas vraiment. Ma mère pense alors à mon neveu et rit. Rit de plaisir. Elle adore mon neveu.

Une femme gémit dans son lit. Des gémissements doux et répétés.

Puis dit oh je ne sais pas, je ne sais pas. Sait-elle qu'elle le dit tout haut. Elle est sourde. Elle croit sans doute seulement le penser. Elle dit tout haut ce qu'elle pense sans savoir qu'elle dit ce qu'elle pense.

Alors nous ses filles savons ce qu'elle pense.

Elle est sourde mais pas tout à fait. Il y a des choses qu'elle entend comme la sonnette et parfois même le téléphone mais elle n'aime plus le téléphone parce qu'elle ne fait que deviner ce qu'on lui dit. Alors ma sœur lui a donné un ordinateur comme ça elle peut utiliser Skype et quand elle voit la bouche de celui ou celle qui parle elle entend mieux. Et puis elle aime nous voir, ça rapproche. Elle a été très fâchée sur les ordinateurs parce qu'elle sentait qu'elle était d'un autre monde et que le nouveau monde la rejetait mais avec Skype, elle y arrive.

Alors elle passe beaucoup d'heures devant l'ordinateur au cas où moi ou ma sœur serait branchée et quand on ne se branche pas ça l'énerve, mais nous on ne peut pas rester tout le temps branchées. Vraiment pas.

Enfin avec Skype, elle entend mieux. Parce qu'elle voit. Mais elle ne s'entend pas gémir.

Pourtant quand on lui demande si elle est inquiète elle dit non.

Elle dit qu'elle a mal dormi parce qu'elle a oublié de prendre son Lexotan, elle a dormi jusqu'à deux heures du matin, s'est réveillée, s'est rendu compte qu'elle n'a pas pris son Lexotan.

En a pris un mais après ça elle a mal dormi.

Elle est maintenant dans la cuisine et mange ses corn flakes.

Il lui reste quelques cheveux sur la tête, elle qui a été si coquette. Elle qui a été si belle. Tout le monde le disait. Et moi j'étais fière d'elle, de ma mère, cette femme si belle. Et je l'aimais.

Elle sort de l'hôpital. Elle sait bien qu'elle a failli y passer. Elle sait qu'elle est vieille mais elle dit qu'elle n'y croit pas. Elle veut vivre.

Elle sait aussi qu'elle doit retourner à l'hôpital pour se faire opérer du cœur. Elle dit que c'est une opération très simple. En attendant elle se traîne. Un vrai paquet d'os.

Elle attend la femme de ménage Patricia. Elle aime sa femme de ménage, elle aime sa gaieté, elle aime quand elle amène ses fils et qu'elle cuisine pour quatre, elle entend rire. Elle aime ça.

Elle n'est pas sûre d'avoir bien compris si c'était aujourd'hui ou demain qu'elle venait parce que malgré ses appareils, le téléphone c'est une épreuve. Elle entend quelque chose mais quoi. Elle devine le plus souvent. Parfois bien parfois mal. Alors elle vit dans le flou.

Quand elle est sortie de l'hôpital, la cardiologue lui a dit faites tout doucement avant l'opération. Oui elle fera tout doucement. De toute façon comment pourrait-elle faire autrement. Elle se traîne. Respire avec difficulté, c'est à cause de l'aorte. L'aorte s'est rétrécie.

Elle s'endort à tout moment. Se réveille. Mange un peu. Existe.

Elle se lève, mange, prend son bain, elle arrive à entrer et sortir de son bain toute seule depuis quelques jours.

Mange. Se couche sur le divan. Dort. Se réveille.

Parle un peu avec ses deux filles qui sont là pour elle. De tout et de rien.
De pas grand-chose.
Qu'est-ce qui reste à dire.
Après l'opération peut-être.

Une femme en sursis. Qui a survécu. Elle le sait, elle a survécu et survivra encore. Son moment n'est pas arrivé, c'est ce qu'elle dit.
Je ne sais pas si c'est ce qu'elle pense, parce que ses gémissements et ses je ne sais pas qu'elle ignore dire tout haut ne disent pas ça.

Avant qu'elle n'entre à l'hôpital et n'en ressorte pour se préparer à son opération et retourner à l'hôpital, j'étais là.
Elle était très malade et j'avais peur, peur qu'elle s'arrête de respirer face à moi dans son fauteuil.

Elle s'était endormie et on sentait l'effort que faisait son cœur pour battre encore alors je la regardais, respire maman, ne me lâche pas, respire.

Ne me lâche pas, pas encore. Je ne suis pas prête et peut-être que je ne serai jamais prête.

Sa respiration est devenue si difficile qu'on a dû l'emmener aux urgences. Là à l'hôpital, on s'est occupé d'elle pour qu'elle tienne jusqu'à l'opération.

L'opération, on fait que dire et redire que ce ne sera rien. Mais ce sac d'os, ses quelques cheveux, ses yeux éteints supporteront-ils. On verra.

Je dis toujours on verra. Je dis on verra en pensant toujours que des tas de choses peuvent arriver. Là il n'y a que deux choses, la vie ou pas.

Et si la vie repart, alors elle repart.

L'enfant était né vieil enfant et du coup, l'enfant n'était jamais devenu adulte. Il évoluait dans le monde des adultes comme un vieil enfant, et y arrivait mal. Le vieil enfant se disait que si sa mère disparaissait, il n'aurait plus nulle part où revenir.

L'enfant à l'adolescence avait fait les quatre cents coups, puis à l'âge adulte n'importe quoi mais savait qu'il pouvait toujours revenir.

Et depuis que son père était mort, chez sa mère.

Dès que l'enfant arrivait, toujours exténué par la vie d'adulte qu'il n'arrivait pas à vivre, il se couchait sur le divan et dormait quelques heures. Après, un peu moins exténué, il mangeait.

L'enfant, c'est elle, c'est moi. Et maintenant je suis vieille, je vais avoir soixante ans. Et même plus. Et j'en suis toujours là. Je n'ai pas d'enfant. Un vieil enfant ne fait pas d'enfant. Qu'est-ce qui va me retenir à la vie après.

Pourrai-je vivre pour dormir me lever manger me coucher. J'oubliais écouter la radio. J'écoute la radio. Ce n'est plus le moment de faire les quatre cents coups. Et je suis contente quand le soleil se couche pour me coucher aussi.

Plus que quatre semaines maintenant avant l'opération.

C'est ce qu'elle a dit hier.

Mais ce matin après le petit déjeuner elle était déjà fatiguée.

Elle s'est couchée sur le divan.

Quand je suis allée voir, c'est ce qu'elle m'a dit, manger m'a fatiguée.

Mais est-ce que j'ai le droit de me reposer? Je lui ai dit c'est pas un droit c'est un devoir.

Et moi est-ce que je vais tenir ici quatre semaines.

Je ne tiendrai que si j'écris. Et de toute façon ici ou ailleurs quelle différence. Ma vie, je n'ai pas de vie. Je n'ai pas su m'en faire une. Alors ici ou ailleurs. Mais ailleurs c'est toujours mieux. Alors je ne fais que partir et repartir et revenir depuis toujours.

Je suis partie d'abord dans une toute petite chambre blanche à Paris où il faisait froid.

Puis ailleurs encore où il faisait chaud. Puis ailleurs encore dans une très grande ville de l'autre côté de l'Atlantique où j'ai eu un répit.

Je me sentais bien. Je vivais. Je découvrais la vie et les autres même si parfois je marchais des nuits entières parce que je ne savais pas où dormir. Mais la plupart du temps je savais. Les gens m'accueillaient et je pouvais dormir, me laver et même manger. Ces gens, je les ai retrouvés cette année, ils n'avaient pas changé. Ils étaient toujours aussi accueillants. Ils se demandent encore comment j'avais fini par atterrir chez eux. Moi aussi. Cela reste un mystère.

Et là où il faisait chaud j'avais bien failli me marier à cause de la chaleur et aussi parce que je ne savais plus quoi faire de moi-même et que j'étais une bonne à rien parce que j'avais fait un mauvais film alors pourquoi ne pas se marier. Et au moins faire plaisir à quelqu'un, enfin à mon père.

Quand j'ai demandé à mon père pourquoi il voulait tellement que je me marie, il m'a dit comme ça quand tu seras malade il y aura quelqu'un pour s'occuper de toi. Comment il savait que j'allais être malade, très malade, je me le demande.

Peut-être qu'il disait ça juste comme ça parce qu'il n'avait rien à dire. Mais il s'était occupé de ses sœurs malades alors il croyait que toutes les femmes étaient malades. Pourtant sa mère était forte. C'est seulement après la guerre qu'elle n'a plus tenu. Pendant toute la guerre mon père sortait de la cave où ils étaient cachés, il sortait, allait travailler, ne portait pas l'étoile jaune, il savait qu'il valait mieux pas et elle tenait.

Quand la guerre a été finie ce n'était plus pareil. C'est comme si elle avait épuisé toutes ses forces pendant la guerre. Enfin, c'est ce que j'imagine. Personne ne l'a confirmé. Mais ça devait être ça ou autre chose. On m'a parlé de ménopause, de diabète. Mais c'était autre chose.

Mon père ne parlait pas de sa mère, ce n'est qu'une de ses sœurs qui en parlait pour dire qu'elle l'adorait. C'est la seule sœur qui a épousé un non-juif dans ma famille, elle avait ses raisons. Elle l'aimait. Elle l'aime toujours. Et ils se soignent mutuellement. C'était ma plus jeune tante et mon plus jeune oncle. Ils ont toutes sortes de maladies mais s'en sortent à chaque fois sans doute parce qu'ils se soignent mutuellement.

Ma tante adore sa petite fille. Sa petite fille l'adore. Elle aussi vient de se marier et a eu un enfant. Ma mère m'a montré les photos. Elle s'est mariée avec un Vietnamien, et ça se voit un peu sur l'enfant mais tout le monde est très content.

Heureusement que je ne me suis pas mariée parce que je serais veuve depuis longtemps et quand on est veuve c'est pour toujours. C'est ce que m'a dit ma mère qui est veuve et elle a dit un jour, jamais je n'aurais dû épouser quelqu'un de plus vieux même si c'était un homme bon et intègre. Maintenant je suis seule et c'est pour toujours. Moi j'aime les jeunes et je ne veux pas me remarier avec un vieux pour lui laver ses chaussettes. Enfin, c'est juste une expression parce que maintenant j'ai une machine à laver le linge. Mais tout d'un coup, se retrouver à côté d'un vieil homme dans le lit, un homme avec qui on n'a pas vieilli, c'est inenvisageable. J'aimerais juste avoir un ami. Quelqu'un avec qui sortir, aller au théâtre, et même danser pourquoi pas. Les jeunes aiment danser et moi aussi. Aux mariages ou n'importe où, j'aime danser et quand je danse, j'ai l'impression que je suis moi-même. Surtout si je danse pendant des heures. Ça fait du bien. D'ailleurs j'aurais aimé être danseuse ou chanteuse ou même nageuse ou encore musicienne mais je n'ai rien fait de tout ça.

C'est pour ça, je suis contente que ma petite-fille ait fait des études et je voudrais qu'elle fasse quelque chose de sa vie et que surtout elle ne devienne pas veuve. Enfin elle a le temps mais on ne sait jamais.

On ne sait jamais ce qui peut arriver et moi encore moins que n'importe qui parce que ce qui m'est arrivé m'est déjà arrivé et qui aurait pu penser à une chose pareille. Enfin il y a bien quelqu'un qui a dû y penser sinon ce ne serait pas arrivé et c'était bien organisé. Tout cela avait été bien pensé et bien réfléchi. Alors je me dis parfois que la réflexion n'est pas toujours une solution même si elle est finale.

Ma grande fille me demande toujours d'en parler mais je ne veux pas. Je sais que si je le fais je suis perdue. Enfin c'est ce que je crois. Ma grande fille dit que c'est le contraire. Qu'il faut parler. Mais elle ne dit jamais grand-chose non plus, enfin de sa vie je veux dire. Comme si ce qu'elle a à dire ne se disait pas à une mère comme moi.

Parfois je me dis que c'est à cause de ce qui m'est arrivé. Parfois je me dis que c'est le contraire. Je ne sais pas quoi en penser alors je n'y pense pas.

D'ailleurs, ce qui m'est arrivé pourrait peut-être recommencer.

Rien n'est jamais fini. Tout peut toujours recommencer. Pas de la même manière mais recommencer quand même, surtout quand on voit des gens dormir dans la rue et il y en a de plus en plus et je détourne la tête quand je les vois, je détourne la tête parce que je ne peux pas supporter ça et bien que j'aie un grand appartement, je ne les invite pas à dormir chez moi. Parfois je me dis que ce serait une solution, mais il y en a trop et de plus en plus. Et ils sont sales c'est normal, mais la saleté me fait frissonner et c'est aussi une des raisons pour lesquelles je ne les invite pas. Pourtant je sais bien qu'après un bon bain chaud et de bons vêtements propres et une bonne soupe, ils seraient à nouveau propres et qu'ils n'ont pas toujours été sales.

Mais cette saleté-là, je ne peux pas y faire face. J'ai connu ça et je ne veux plus en entendre parler. Ni surtout la voir, ni chez moi ni chez personne. Cela me soulève le cœur et sans même réfléchir je regarde ailleurs quand je vois ça dans la rue et quand je vais dans certains quartiers comme le quartier de ma fille à Paris et que je vois des matelas sales dans la rue j'ai aussi le cœur qui se soulève et je demande à ma fille comment elle peut supporter ça. Elle me dit qu'elle ne

supporte pas non plus, qu'elle essaye de ne pas voir surtout quand il pleut et qu'il fait gris. Quand il y a du soleil c'est déjà plus supportable parce que les matelas ont l'air tout ensoleillés et on voit moins les taches. Oui c'est vrai je me dis, un peu moins mais on les sent quand même. Il n'y a pas que voir dans la vie il y a aussi sentir. Et sentir parfois, c'est ce qu'il y a de pire. Sauf les fleurs. Sauf quand on les laisse trop longtemps dans l'eau et qu'on ne change pas l'eau et qu'on oublie les fleurs. On les oublie et elles se mettent à sentir une drôle d'odeur. Alors on les jette sans regret. Ou la viande. Parfois l'odeur de la viande aussi est nauséabonde. Il ne faut pas la manger dans ce cas-là, même si on a horriblement faim. Faut surtout pas la manger, même si la sensation de faim vous tenaille et que c'est terrible.

Maintenant c'est rare qu'elle ait faim et pourtant elle sait qu'elle doit manger pour reprendre du poids et rester en bonne santé, alors on parle pendant des heures de ce qui pourrait lui ouvrir l'appétit et on arrive toujours à la même conclusion, il lui faut des harengs avec des oignons, soit des harengs à l'huile soit des harengs saumurés peu importe mais des harengs. Ce qu'elle aime aussi ce sont les petites crevettes grises, mais dans une salade avec une mayonnaise légère et des oignons frais, une mayonnaise bien salée et bien poivrée sinon elle en perd l'appétit. Et puis il y a le fromage blanc. Sans fromage blanc elle ne sait pas ce qu'elle ferait et sur la liste des courses il y a toujours en premier le fromage blanc.

Moi aussi j'aime le fromage blanc mais à force d'en parler j'en arrive à ne plus l'aimer. Ce que j'aime, le moment de la journée où je sens que j'ai une vie c'est quand je marche d'un bon pas pour aller acheter des cigarettes. Tout d'un coup je suis une personne. Une personne libre, une personne qui a quelque chose à faire. Et aujourd'hui particulièrement parce qu'il y a du soleil après tant de jours de grisaille.

J'aime aussi écrire ce qui arrive même s'il n'arrive rien. Oui là aussi je me sens une personne qui a quelque chose à faire même s'il n'arrive rien.

Mais il arrive quand même quelque chose, des petits riens.

Il y a le téléphone qui sonne. Il y a les mots dits ou échangés. Le silence. Les soupirs parfois. Le bruit des voisins. L'ascenseur qui se bloque. Les poubelles à descendre et encore les mots dits et à peine échangés.

Ma sœur est là pour l'instant. Cela faisait longtemps que je ne l'avais plus vue mais elle repart. Ma sœur a une vie. Ma sœur connaît le plaisir de vivre. Je la regarde et je me dis comment elle fait.

Elle connaît le plaisir de vivre depuis qu'elle est née. Et ses petits yeux bruns et doux. Sa peau aussi. Elle est ronde et souriante.

Sauf parfois quand elle se fâche. Mais ça passe tout de suite. Quand elle se fâche, elle se fâche aussi tout de suite dès que quelque chose la fâche. Elle n'attend pas des années comme moi. Moi j'attends des années avant de dire que quelque chose m'a fâchée et m'a même fait horriblement souffrir. Et en plus j'ai besoin d'un prétexte. D'un prétexte qui n'a rien à voir. Alors je me fâche. Quand je me fâche j'ai l'impression que c'est terrible, que je crie que je hurle même et que le monde va éclater autour de moi. Quelqu'un va mourir à cause de ma colère. Oui ma colère est immense quand elle s'y met. Elle me fait mal et la plupart du temps elle me reste en travers de la gorge.

Et quand je dis tu vois comme je me suis fâchée, tu vois comme j'ai crié fort, alors L. rit. Tu appelles ça crier ? Oui. Alors L. rit encore plus fort et j'aime la voir rire. Elle a un humour fou sauf parfois quand je veux la faire rire. Alors ça ne réussit pas du tout. Parfois même ça la fâche et je comprends pourquoi. Je déteste quand ça la fâche et je ne sais plus quoi faire de moi alors je ne fais rien sinon je m'enfonce. Je n'ai jamais crié sur L. sauf deux fois et encore j'étais sous influence. Je ne m'en rendais pas compte mais j'étais sous influence alors que je croyais que j'étais justement en train de me libérer. Mais on ne se libère pas quand on est sous influence, on le croit seulement et pendant quelques minutes, quelques heures, quelques jours parfois, on a un sentiment étrange de liberté. Et puis ça s'en va et on se pose des questions et on se demande si on avait vraiment besoin de briser le cœur de quelqu'un pour jouir quelques secondes d'un sentiment de liberté que j'appelle maintenant liberté illusoire.

Quand ça n'a pas d'importance alors je peux crier un peu même si au fond ça n'a pas d'importance, et je suis très fière d'avoir pu crier. Mais quand ça a de l'importance alors la colère reste en moi et m'épuise. Elle se retourne contre moi et m'épuise tellement que je reste au lit parfois plusieurs jours en me demandant pourquoi je suis si fatiguée alors je prends des vitamines. Je me dis ça doit venir de mon anémie. Il m'arrive même d'aller chez le médecin et il me prescrit des analyses de sang et rien ne va plus dans mon sang mais c'est comme d'habitude mais le médecin veut quand même me faire quelques piqûres. Je lui demande si je ne devrais pas changer de sang en général. Il dit non.

Parfois il dit je dois réfléchir, on ne change pas de sang comme ça et puis même si on vous changeait de sang le vôtre reviendrait, et tout d'un coup je suis soulagée. Je n'aimerais pas au fond qu'on me change de sang.

Je ne sais pas pourquoi je tiens à mon sang. C'est un sentiment obscur et je n'aimerais pas le mettre en lumière. Je suis certaine que si je le mettais en lumière je mettrais quelque chose en lumière que je n'aime pas chez moi, alors laissons tout ça dans l'obscurité. Vaut mieux et pour des tas d'autres choses aussi vaut mieux laisser dans l'obscurité. Pourtant parfois je me dis il faut rechercher la vérité mais laquelle. C'est très important. On le sent dans les livres ou les films quand il y a de la vérité. Même quand elle reste obscure, surtout quand elle reste obscure. Quand elle reste obscure et qu'on sent qu'il y a de la vérité, il y a quelque chose qui se passe souterrainement et lentement, parfois très lentement quand vous n'y pensez même plus, tout d'un coup cette vérité apparaît et c'est un moment extraordinaire et qui n'arrive pas tous les jours et c'est bon, c'est tellement bon que soudain vous vous sentez légère et calme.

Demain ma sœur repart. J'ai déjà peur de son départ. Je me retrouverai seule en face à face avec ma mère qui dès qu'elle peut m'attrape le visage pour m'embrasser avec un air ému, tellement ému que je me détourne. Elle parle aussi avec une sentimentalité criante. Ma sœur et moi on l'arrête. On l'arrête à temps.

Alors elle dit on ne me laisse pas parler ici. Mais ce ne sont pas des paroles qu'on a envie d'entendre, je ne sais pas pourquoi. Ou si on rit, elle dit c'est ça, c'est ça, moquez-vous de moi. Mais on a besoin de rire. Et même de fous rires. Sinon toute cette nappe de sentimentalité se déverserait sur nous et on ne saurait pas quoi en faire, mais ça pèse.

Ça pèse pour des heures parfois. On n'aime pas ça, ni l'une ni l'autre. C'est trop. Mais ma mère adore ça. C'est comme si ça faisait exister l'amour.

L'amour qui est là, je ne sais pas. Sans doute. Un certain amour. Je ne sais pas.

Parfois je me dis, je devrais offrir un chien à ma mère. Mais elle ne veut pas à cause de la pluie et par peur de tomber.

Je me suis trouvé une petite chambre dans le grand appartement de ma mère pour écrire la porte fermée. La chambre est bourrée à craquer. Cela ne me dérange pas au contraire.

J'ai un refuge. J'écris et je fume la fenêtre ouverte.

Il ne faut pas qu'elle sente l'odeur de la cigarette ma sœur a dit, sinon cela lui donnera envie et avec son cœur c'est fini.

Aujourd'hui, ma sœur l'a conduite chez le coiffeur. C'était sa première sortie depuis l'hôpital, sa première sortie a été chez le coiffeur.

Elle ne pouvait plus supporter de se voir ainsi dépenaillée.

Oui, quelques cheveux dressés sur la tête de cette femme qui a été si belle. Elle a du mal à ne plus être si belle. Je comprends. Je comprends presque toujours tout, même si parfois je n'ai pas envie de comprendre.

Alors j'ai mal au cœur.

Et puis à table à nouveau.

Le déjeuner.

Et avant même qu'elle s'asseye pour manger elle déclare, et qu'est-ce qu'on mangera demain. Quand ma sœur ne sera plus là elle veut dire. Mais elle ne le dit pas.

Elle veut croire que je ne saurai pas lui faire à manger.

Je lui dis que je sais, alors elle dit que d'habitude quand je viens c'est elle qui fait et elle essaie de m'embrasser à nouveau quand je passe, et je m'échappe, et tout de suite je me sens cruelle et même bête. Qu'est-ce que ça fait au fond, je pourrais me laisser embrasser, elle serait heureuse.

Mais c'est difficile à supporter de voir comme ça, noir sur blanc, pourquoi je suis restée un vieil enfant.

Et qu'ainsi je n'ai pas pu me faire une vie.

Et la seule chose qui sauve c'est l'écriture. Et encore.

Mais quand j'écris c'est encore sur elle et ce n'est pas une libération comme les gens qui n'écrivent pas s'imaginent. Non ce n'est pas une libération. Pas une vraie.

À table ses yeux se ferment.

Oui, le coiffeur l'a fatiguée.

Tout de suite après elle s'est couchée sur le divan. Elle dort.

J'ai le cafard. Ça passera. Demain. Et même si j'ai le cafard je ne répondrai pas aux mails de C. Et je me crois forte. Et je me dis rien à faire. Mais quand il n'y a pas de mails, je les attends et je ne pense pas à C. qui doit attendre aussi, je ne pense qu'à moi, à comment j'arrive à résister.

Maintenant, après avoir relu les mails qu'elle m'envoyait à cette époque et tous les autres aussi, je regrette. Pas notre rupture, non. Mais de ne pas avoir répondu avec du vrai.

Je ne fais que regretter et je voudrais le lui dire. Mais je sais que c'est trop tard et que c'est sans doute mieux que je ne dise rien et qu'il me faut penser à elle cette fois, pas à moi.

Je ne fais que regretter mais je ne regrette que les mails, pas le reste.

C'était notre première rupture et j'aurais dû tenir.

J'ai tenu un certain temps et puis elle est arrivée chez moi sans que je l'attende et je n'arrivais pas à lui dire va-t'en. J'ai seulement dit qu'est-ce que tu fais là. Je n'étais pas contente. Mais elle a fait comme si de rien n'était et elle est entrée.

Je n'aurais pas dû ouvrir la porte.

Ma mère apparaît dans la petite chambre.

Viens un peu ici, viens. Est-ce que je t'agace ?

C'est pas ça, j'ai des problèmes.

Mais tu dois les résoudre. Oui je vais les résoudre.

Je me suis couchée.

Je me cache dans une pièce ou l'autre puis j'ai honte de me cacher.

Je reviens dans la pièce où elle se tient assise. J'essaie de trouver un mot à dire. Je demande, tu as fini ton livre.

Non, je ne peux pas, j'ai mal aux yeux. Je vois trouble.

Je n'aurais jamais dû lui demander si elle avait fini son livre. J'aurais dû m'attendre à quelque chose comme ça.

Je reste là quelques secondes et je retourne me cacher. Puis même cachée, je sens sa présence, je me dis ça ne sert donc à rien de me cacher. Autant retourner dans la pièce où elle se tient le plus souvent couchée, ou à moitié. Mais rien qu'à l'idée mon cœur se serre.

Mon cœur se serre, quelques larmes. Je les essuie.

J'y retourne comme à un enterrement.

Et une fois encore j'ai honte.

Je me laisse prendre un moment par l'organisation immuable de ma mère. Deux trois jours cela fait du bien cette organisation.

Il y a à manger dans le frigidaire. On mange à heures fixes dans une cuisine propre.

Pas comme chez elle où il n'y a jamais rien dans le frigidaire sauf exceptionnellement quand tout d'un coup elle décide d'avoir une vraie vie.

C'est rare et même quand elle décide elle n'y arrive pas toujours.

Descendre la rue, entrer dans le supermarché lui semble une tâche quasiment insurmontable, ainsi que donner un coup de fil ou sortir le soir avec des amis.

La plupart du temps quand elle a un rendez-vous pour sortir, depuis le début de l'après-midi elle se dit j'irai pas. Je ne peux pas y aller. Je n'ai pas assez envie. Elle finit par appeler et invente quelque chose et dit la semaine prochaine sans trop bien savoir si elle y arrivera la semaine prochaine.

Parfois, c'est tout simple et elle y va, surtout si on vient la chercher.

Mais la plupart du temps elle se couche, prend des somnifères et dort.

C'est sans doute pour ça que son ami de New York, son meilleur ami en tout cas de New York et peut-être du monde entier, lui avait dit quand elle lui avait raconté sa nouvelle rencontre, c'est fantastique, tu vas avoir une nouvelle vie, pouvoir tout recommencer. Mais elle est si jeune. Ça ne fait rien. Je viens de la rencontrer et je ne lui dis pas comment. Je suis gênée. Je dis elle est belle, elle est incroyable, elle est intelligente, alors il dit viens, viens avec elle. Oui, je vais venir.

Elle a l'air d'un pruneau ou d'un agneau, j'ai du mal à me décider entre les deux.

Tu l'aimes ? Oui, j'ai l'impression. Oui, je l'aime je crois. Peut-être. Je ne sais pas.

Elle m'écoute.

Je parle sans cesse avec elle.

Je n'aurais pas dû.

Tout avait commencé par une conférence sur la vitesse de la lumière et Hiroshima. L'ombre des corps morts et déjà tombés sur le sol était encore là, incrustée dans les murs de la ville disait le professeur de physique de Nice.

Et tout d'un coup je me suis dit que je devais essayer de recréer quelque chose comme ça dans mon travail sur les images. C'était ce que je devais faire absolument.

Ensuite ma sœur est venue me voir du Mexique et m'a mise sur Facebook.

Voilà c'est comme ça que tout a commencé.

J'ai vu que des gens parlaient d'ombres, j'ai répondu.

Quand le grand professeur est sorti de la salle j'ai eu envie de lui parler. Mais il avait un air à qui on ne parle pas. Peut-être que s'il n'avait pas eu cet air-là rien ne serait arrivé. Peut-être. Je ne sais pas. Peut-être ai-je simplement pris ce prétexte pour parler à quelqu'un que je ne connaissais pas. Mais je ne crois pas. La conversation a été passionnante et le lendemain je l'ai reprise. Oui sur Facebook. J'essaie de la retrouver. Mais Facebook m'a fait un sale coup. Cette conversation n'existe plus et ma mémoire est courte.

En tout cas au bout d'un moment cette conversation s'est transformée. Il n'y avait plus d'ombres dans la conversation et de plus en plus de à tout de suite je t'embrasse moi aussi et moi aussi. Et quoi encore, c'est tout pour l'instant. Pour l'instant oui, mais dans un instant tout peut changer et j'écrivais en frissonnant de tout mon cœur et j'attendais qu'elle se réveille. Je restais devant l'ordinateur et tout d'un coup je voyais apparaître un petit point vert à côté de son nom à gauche de l'écran et ça recommençait. C'était passionnant et émouvant et rapide. Et tout allait de plus en plus rapidement. Et j'étais heureuse. Tellement, c'était incroyable. Cela aurait pu continuer comme ça, juste en s'écrivant. Cela aurait pu et j'aurais sans doute été heureuse toute ma vie, mais un jour on a eu envie de se voir. Et cela aurait pu rester une envie et qu'on se l'écrive et qu'on se dise sans cesse comme on avait envie et pourquoi. J'étais tellement heureuse et sans doute que cela me suffisait mais je sentais comme elle dans mon corps et partout cette envie de la voir et pour elle c'était la même chose. On se racontait déjà comment on s'embrasserait si on se voyait et on sentait les baisers et cela aurait pu suffire. Je revivais. Je me levais avec impatience et je me rassasiais des mots échangés, je me couchais en échangeant des mots et des chansons et des poèmes qu'elle m'envoyait et j'avais l'impression que c'était à quinze ans que l'on s'envoyait des poèmes et des chansons et j'écoutais les chansons et je chantais, surtout My Funny Valentine et Bang Bang. Des chansons tristes que je chantais à tue-tête.

Je chantais ces chansons sans arrêt et ça aurait pu s'arrêter là et mon cœur battait et mon corps vivait. Comme j'étais heureuse. Je me demande même si j'avais déjà été heureuse comme ça et de plus en plus l'une ou l'autre disait, j'ai envie, j'ai envie, j'ai envie de te voir.

Un jour c'est arrivé.

Elle m'a écrit je vais voir si je n'ai pas deux jours de libres la semaine prochaine pour venir te voir. Je pense que ce serait le mieux pour nous deux. Ne regarde plus tes nouveaux amis FB sinon je serai jalouse. Non, c'est pour rire que je dis ça.

Je t'embrasse fort.

J'aurais dû me méfier déjà mais je pensais que ce n'était que de l'humour et je riais. Si j'avais su.

À la dernière seconde, elle n'a pas pu venir pour des raisons de santé. Et j'ai été vaguement soulagée. Elle avait un abcès mal placé. Ça lui arrivait parfois.

J'ai été vaguement soulagée sans savoir pourquoi, mais sans doute que je savais déjà.

Après elle m'a dit, viens toi. J'ai dit oui puis j'ai dit non. Je suis mal. Tu ne supporteras pas. Elle a dit si, qu'elle supportait beaucoup de choses et mon mal, elle le supporterait aussi et beaucoup d'autres choses. J'aurais dû me douter que quand on affirme cela si tranquillement ce n'est pas toujours vrai, surtout pour le beaucoup d'autres choses.

Puis quelqu'un d'autre m'a dit vas-y qu'est-ce que tu risques. Je suis allée en Angleterre. C'était là qu'elle vivait. Dans la deuxième zone de Londres. Un quartier où tout se ressemblait.

J'aurais pas dû.

Aujourd'hui ma mère s'est réveillée en sanglotant. Des sanglots à rendre l'âme. Presque des cris. Je me suis dit si un cheval hennissait, ça devrait être comme ça. Mais je connaissais mal les chevaux. Je ne connaissais presque rien à la nature. Pourtant, je savais qu'on respirait mieux dans la nature et je me disais je devrais y aller. Mais je ne savais pas où.

Je savais bien que c'était de ma faute ces sanglots. D'ailleurs j'avais l'impression que tout était toujours de ma faute même si ce n'était pas vrai. Mais cette fois c'était vrai. Je ne supportais plus d'être là, je me cachais, je la fuyais et elle le sentait.

Alors j'ai fait un effort d'amabilité et de tendresse et elle s'est presque calmée.

J'ai fait le tour du bloc avec elle, la tenant fermement par le bras.

Ses jambes étaient flageolantes et on a avancé doucement. C'était le premier jour de soleil et cela faisait sept semaines qu'elle n'était pas sortie.

Au bout de quelques pas on s'est assises toutes les deux sur une terrasse au soleil. C'était à un croisement et il y avait plein de voitures qui passaient. Elle a mis son visage au soleil, elle a fermé les yeux. Elle était belle, elle était heureuse.

Elle a dit, ça fait du bien, c'est bon. J'avais tant besoin de soleil.

Oui, ça fait du bien j'ai dit.

Le soleil tapait fort et j'ai commencé à transpirer et à avoir du mal à supporter le croisement et la poussière. Mais elle, elle ne transpirait pas, elle buvait le soleil.

Elle mettait son visage dans le soleil et elle fermait les yeux. Elle souriait presque. Elle avait l'air terriblement concentré.

C'était à cause du soleil.

Elle portait ses lunettes de soleil parce que l'oculiste le lui avait conseillé à cause de la sécheresse de ses yeux. Elle faisait toujours ce que les docteurs lui conseillaient. Mais je voyais bien qu'elle avait les yeux fermés et le visage tourné vers le soleil de Bruxelles.

J'ai dit on y va. Elle a dit encore cinq minutes.

Je n'ai rien dit, j'attendais. J'attendais que le temps passe.

Enfin, nous nous sommes levées, et elle toujours sur ses jambes flageolantes et moi en sueur, nous sommes rentrées.

Elle m'a dit tu me fuis.

Je me suis dit elle parle. Elle parle enfin et c'est vrai.

J'étais contente.

Elle ne me disait pas je t'aime.

Je respirais.

À l'hôpital, quand je suis allée la voir et qu'elle était tombée du lit la nuit, c'était l'année d'après l'opération du cœur qui avait fini par bien se passer malgré tout, même si ça avait été pénible, et donc après cette opération, je ne sais plus quand, tout se mélange, elle était tombée de son lit et elle a dû aller une fois de plus à l'hôpital et c'est là qu'elle m'a dit avec une violence telle que j'ai cru tomber, je ne peux pas te voir avec une chemise sale elle m'a dit, je vais te donner un coup, en serrant son poing et l'avançant vers moi comme si vraiment elle allait me donner un coup de poing.

Je me suis dit alors qu'elle avait dû retenir cette violence pendant tant d'années. Que tous ces baisers qu'elle m'avait donnés ou arrachés n'étaient là que pour ça. Que je la gênais. Moi, mes vêtements négligés, mes cheveux pas peignés, tout ça la dérangeait, lui faisait mal. Cela allait trop à l'encontre de ce qui la rassurait. Un monde lisse. Très lisse, sans chemise pas repassée ni mauvaise surprise.

Elle avait envie de me donner un coup de poing et elle le disait. J'étais contente sans trop bien savoir pourquoi mais je sentais que quelque chose de vrai s'était passé. J'ai cru tomber mais j'étais contente.

C'était bon, je le sentais bien. J'ai souri. Pas devant elle, mais après. Je la dérangeais et elle le disait pour une fois au moins.

La presse sur moi, mes films, compensait un peu, mais pas tout à fait. Elle découpait les articles dans les journaux et les gardait. Mais si seulement j'avais les cheveux bien peignés ce serait mieux. Oui, vraiment mieux.

Ces chaussures je ne peux plus les voir disait-elle parfois, quand j'arrivais avec des vieilles chaussures.

Ni cette veste.

Et au restaurant quand je trempais mon doigt dans la sauce je crois bien qu'elle allait exploser.

Je disais laisse-moi tranquille. Non je ne te laisserai pas tranquille.

J'avais tellement envie de tremper mon doigt dans la sauce. En plus, dans le restaurant, juste au coin, il y avait des gens qu'elle connaissait et elle les embrassait follement.

Puis elle me parlait d'eux. Non, pas d'eux. Mais du fait qu'ils l'aimaient et qu'ils l'avaient connue toute jeune quand elle était si belle.

Ces gens qu'elle connaissait, c'étaient des vieux comme elle. Des vieux juifs bien habillés et en meilleure santé qu'elle.

Ce n'étaient pas des survivants. Les femmes pour la plupart avaient encore plein de cheveux et entendaient mieux que ma mère.

Tous ces gens donnaient des conseils. Ils savaient tout mieux qu'elle et la plupart avaient des fils médecins qui leur donnaient des conseils.

Alors ces gens étaient très au fait. Ils connaissaient les histoires de cœur et d'insuline et de dialyse. Ils adoraient parler de ça. Parfois d'autre chose mais c'était rare. Ils finissaient par dire d'un ton de médecin, quand on a un cœur faible on ne prend pas l'avion pour aller au Mexique voir ses enfants et ses petits-enfants.

Le cardiologue ne le lui avait pas défendu, lui.

Enfin, elle n'avait pas bien compris ce qu'il lui avait dit. Et puis il lui avait dit en parlant de sa valve qui s'était rétrécie, c'est normal à votre âge.

Alors dans l'avion elle a eu sa première attaque. Cette attaque l'a sauvée. Dans l'avion il y avait un jeune docteur et il lui a tout de suite dit qu'il fallait l'opérer. Alors ça l'a sauvée. Ma sœur a même dû monter dans l'avion pour venir la chercher.

Peu après on l'a emmenée à l'hôpital à Bruxelles où on l'a opérée et elle a été sauvée. Sans ça, peut-être son aorte aurait continué à se rétrécir doucement et sans même qu'elle s'en rende compte et alors ç'aurait été pour toujours et ç'aurait été fini. Elle a donc eu de la chance, beaucoup de chance, mais ce n'était pas fini. Un jour, alors que l'on croyait que tout allait enfin bien et que j'étais là et que je dormais dans la chambre d'à côté avec la porte bien fermée j'ai entendu un coup de tonnerre, une déflagration.

Je me suis levée et je l'ai retrouvée par terre sur le dos, elle était tombée. Son corps désarticulé sur la moquette à côté de son lit. Sans doute qu'elle voulait aller aux toilettes et que quelque chose avait cédé en elle, alors elle était tombée. J'étais horrifiée. Tu as mal ? Elle ne savait pas. Viens je vais t'aider à te recoucher. Dans le lit, elle ne sentait toujours rien. Peut-être que ce n'était rien après tout.

Je l'ai couverte. J'ai encore demandé si elle n'avait pas mal. Non, elle m'a dit, pas du tout. Je me suis recouchée. Inquiète mais pas vraiment. Mais j'étais quand même horrifiée. Je me suis dit cette fois elle l'a échappé belle mais si jamais ça lui arrivait encore ça pourrait être terrible. Elle s'était cogné la tête et si jamais elle se la cognait plus fort qu'est-ce qui arriverait. Mon cœur battait à toute allure dans mon lit puis il a fini par se calmer.

Une heure après elle hurlait de douleur et je l'ai emmenée une fois de plus à l'hôpital. C'est depuis ce jour-là qu'elle ne peut plus utiliser son épaule gauche.

C'est aussi cette semaine-là à l'hôpital qu'elle a tendu son poing vers moi.

Je l'aimais tant quand elle était jeune ma mère.

Elle, sa jeunesse, sa beauté, ses robes. Surtout une d'été à larges lignes dorées et orange. Elle resplendissait. Elle m'appelait à l'aide pour que je lui ferme sa robe et j'adorais ça. Puis elle me demandait si ça allait. Oui, tu es très belle. Cette robe te va très bien. À cause de tes yeux noirs.

Et je lui parlais, je racontais n'importe quoi.

Souvent je m'enfuyais, surtout à la mer. On me retrouvait. Quelqu'un me retrouvait toujours.

Je l'aimais. Pourtant je n'arrivais pas à manger. Pourtant je me salissais tout le temps. Et je partais pour des heures le long de la plage.

Elle avait aussi un maillot à carreaux vichy bleus et blancs. Assises dans le sable nous discutions. Je voulais un frère. Tu l'auras, ou une sœur.

J'ai eu une sœur et je ne le regrette pas. Mais au début j'ai été un peu déçue. Très peu. Tout de suite je l'ai aimée. Un vrai pruneau.

Maintenant elle vit au Mexique et on se skype souvent. Elle n'aime pas C. Elle dit, elle ne te rend pas heureuse.

Pourtant C. aimerait que je sois heureuse avec elle.

C. aime me voir rire, aime me voir aimer la vie avec elle.

C'est le contraire qui est arrivé. Le contraire. Le malheur.

Mais ça c'était à New York. Avant, comme on se voyait peu, le malheur n'avait pas eu le temps de s'installer. À New York si.

Elle aimait me voir rire et c'est le contraire que je lui ai donné. Je ne riais plus, je pleurais. Je ne parlais plus. Juste un silence lourd. Je ne flottais plus. Je désertais mon corps, le sien.

Comment n'ai-je pas compris.

Nous regardions la télé, des films, que des films que nous commandions. Devant les films nous arrivions à vivre. Il nous fallait les films pour vivre. Pas comme au début mais vivre quand même. Et se caresser parfois. Et même s'aimer un peu. S'aimer tout court. Et parfois dormir. Rarement. Les insomnies nous avalaient. La fatigue, les larmes. Puis les sourires un peu vagues, éteints.

Je me souviens de ton sourire quand je t'ai ouvert la porte à Londres, elle m'a dit un jour. C'était un beau jour avec ton sourire. Oui, mais alors pourquoi tu as dit que tu avais dû te retenir de vomir quand j'ai dit en plaisantant, je n'ai plus qu'un demi-chien ? Je ne comprenais sincèrement pas. Je ne comprenais rien mais je commençais à me méfier. Le silence, je l'installais. Après j'ai compris. Si je n'avais qu'un demi-chien, c'est que l'autre demi-chien appartenait encore à mon ancienne amie. Donc je ne m'étais pas libérée d'elle comme un jour elle me l'avait demandé.

Écorchée vive, fière, orgueilleuse, timide, entière, trop, et je n'ai fait que gratter ses plaies. Je me dressais et je disais, je ne t'aime pas. Je ne t'aime plus.

Ce n'est pas possible.

Non. Si. Non. Si.

Je t'ai fait une maison, un jour elle a dit. Et c'était vrai et je ne l'avais même pas remarqué.

Oui, tous ces coursiers qui sonnaient sans arrêt amenaient des choses pour me faire une maison et quand on sonnait je disais, encore.

Elle saignait. Je ne savais pas. Je ne voyais rien. Plus même son beau visage sombre et tragique maintenant. Plus même ses yeux dont la pupille devenait invisible. Plus rien. Je ne me tournais même plus vers elle. Non, même pas ça.

Elle scrutait chacun de mes gestes. Elle étudiait chacune de mes paroles, chacun de mes coups de fil.

Elle disait tu ne crois pas que je sais que tu téléphones à tes amies à Paris ou ailleurs quand tu sors seule dans la rue.

Je disais c'est vrai mais si je téléphone devant toi et que je dis je t'embrasse moi aussi, c'est la guerre. Je ne supporte pas.

Il n'y avait que devant les images que nous étions dans les bras et après nous parlions parfois jusqu'aux matins blêmes ou pas.

Puis on buvait du café jusqu'à ce que mon estomac se révolte.

Alors elle m'apportait du thé à la camomille, souvent plusieurs fois avec un petit bout de sucre qui était arrivé par coursier.

Après sa sortie de l'hôpital, elle (ma mère) ne m'a parlé que de docteurs, de douleurs et de qui viendrait la chercher pour l'accompagner à l'aéroport.

Et qui ferait ses valises.

Elle ne pouvait plus. Elle n'en pouvait vraiment plus cette fois. Ses mains déformées par l'arthrose, ses pieds aussi qui commençaient.

Une douleur à la hanche.

Ses yeux qui coulaient ou pas assez à cause de la sécheresse.

Et chaque jour une piqûre dans la cuisse pour ses os.

Sans ça elle serait pleine de sable. Plus une personne debout mais du sable couché dans un lit.

Mais elle allait tenir. Elle le savait et moi aussi.

Non je ne me souviens plus bien du polonais disait-elle parfois de but en blanc. Sans qu'on lui demande rien. Ça lui passait simplement par la tête et elle le disait.

Pourquoi, je ne sais pas.

Parfois aussi on le lui demandait. Ça arrivait qu'on le lui demande. Parfois les aides familiales qui savaient qu'elle venait de Pologne ou d'autres gens aussi qui eux n'avaient pas oublié. Mais toute sa famille qui était arrivée avec elle de Pologne n'était plus là. Tout le monde avait disparu d'une manière ou d'une autre, alors elle ne parlait plus le polonais avec personne. Alors elle ne savait plus. Plus bien en tout cas. Sauf quelques mots elle disait. Moi je savais qu'elle en savait plus que ça mais pour une raison ou une autre elle disait j'ai oublié.

Moi dès que je vois un Polonais, je sors mes trois mots de polonais et les Polonais sont contents mais ça s'arrête là, avec trois mots on ne va pas loin et dès que je vois un Russe je sors mes dix mots de russe et je suis contente et fière comme si j'étais la seule personne au monde à connaître ces dix mots et les Russes me répondent comme si j'en connaissais au moins cent et je les regarde, je fais des signes de tête. J'ai l'air de comprendre quelque chose en tout cas. Alors les Russes commencent à parler de plus en plus vite et je m'affole. Y a nie paniemayou ou ya nie rosumié, je ne comprends pas. Je ne sais plus quelle langue parler, le polonais ou le russe, et quand dans la rue j'entends quelqu'un parler l'hébreu c'est pire. Je dis chalom ma nichmah, bonjour comment ça va, ils répondent, bien, et passent sans même me regarder et je suis blessée. J'aimerais sympathiser avec eux et leur dire que j'ai appris l'hébreu quand j'étais petite à l'école Maïmonide et que si je n'en connais pas davantage c'est la faute de mon père.

D'ailleurs c'est toujours la faute de quelqu'un et mon père a fait plein de fautes même si maintenant j'ai l'impression que c'était un saint.

Je sais bien que ce n'est pas vrai mais il n'était pas mal quand même, même s'il m'a fallu des années pour le découvrir. Avant ça, même si tout le monde disait que mon père était quelqu'un de bien je ne l'admettais pas. Pas tout à fait. Après, oui. Pour cela il a fallu que je tombe malade. Quand je tombe malade je parle toutes les langues, surtout celles que j'ai oubliées comme l'hébreu. Ça me revient et je le lis comme si je n'avais pas oublié. Et je le marmonne à tout propos. Même quand ce n'est pas nécessaire.

Et quand je prends un taxi il m'arrive d'essayer de convaincre le chauffeur de taxi quand il est arabe que l'arabe a les mêmes racines que l'hébreu et je dis fièrement yahad, ça veut dire un et en hébreu c'est ehad. Le chauffeur de taxi n'est pas toujours convaincu mais parfois oui. Alors je ne sais pas pourquoi mais je suis très contente et je trépigne derrière dans le taxi puis je regarde le paysage, le paysage de Paris et je trouve le paysage beau. Surtout quand il y a de la circulation, alors j'ai le temps de bien voir même si parfois je suis trop impatiente. Quand je suis trop impatiente alors il y a toujours trop d'embouteillages même quand il n'y en a pas et il faut que je respire pour chasser mon impatience. Parfois même quand je respire, mon impatience n'arrête pas de grandir alors je dis au chauffeur de taxi, laissez-moi ici.

Au fond je sais qu'il m'aimait mon père, même s'il avait dit un jour à sa sœur du Canada que sa fille était d'un autre genre ou différente. J'ignorais qu'il savait ça. Je pensais le lui avoir bien caché mais il avait compris. Cela l'avait rendu malheureux. C'est sans doute pour ça qu'il restait toujours silencieux avec moi et moi aussi. Un silence lourd plein de sous-entendus comme on dit, mais les sous-entendus avaient fini par s'entendre et donc j'étais d'un autre genre.

D'ailleurs c'était de sa faute ça aussi, si faute il y a et même s'il y a pas. Quelle idée de vouloir un garçon à ma place. Enfin cela m'arrangeait de penser que c'était sa faute parce que c'était aussi la faute de ma mère et du monde entier. Je l'ai dit un jour à mon oncle, si ma mère ne m'avait pas tout le temps caressée et serrée contre elle peut-être que les choses auraient été différentes mais peut-être pas et de toute façon ça n'a pas d'importance, pas tant que ça. Et d'ailleurs maintenant plus du tout. Enfin quand même, disons que trop c'est trop toutes ces caresses. Enfin on ne sait jamais quand c'est trop ou peut-être qu'on le sait mais on se dit ce n'est pas si trop que ça, il y a pire.

Moi je ne pensais pas que j'étais d'un autre genre ni différente, pas du tout, j'avais juste un genre, un genre bien à moi et c'était mon genre. Un genre un peu négligé mais j'aimais bien. J'aimais que les autres ne soient pas négligés mais moi je trouvais que le genre négligé m'allait mieux que le genre pas négligé. Mon genre négligé avait un certain style je trouvais. Un style bien à moi. Puis c'est devenu une habitude et je n'ai plus pensé à mon genre ni à mon style, j'étais comme ça et c'est tout. Différente.

Enfin peut-être.

Et il y avait d'autres filles d'un autre genre et c'était comme ça. Et on s'aimait et c'est tout. J'ai eu dix-huit ans en mai 1968. Il se faisait que mon style devenait commun, et que tout redevenait normal enfin si j'ose dire parce que le mot normal me déplaît. Je préfère de loin le mot anormal. De loin seulement parce que dans anormal on entend encore le mot normal et celui-là je n'ai vraiment pas envie de l'entendre.

Il y a des mots comme ça, il n'y a rien à faire ils restent en travers de la gorge et je connais bien cette sensation et franchement ce n'est pas agréable, loin de là. Il faut alors se mettre à respirer lentement mais longuement et au moins pendant vingt minutes. Au bout de vingt minutes si on est vraiment concentré sur sa respiration parfois ça passe, mais j'ai du mal à respirer comme ça vingt minutes.

Enfin quand mon style est devenu presque à la mode, ce n'était plus la peine de me faire des remarques sur mon style qui était devenu la mode même et plus la peine non plus de me dire de porter des robes qui ne m'allaient pas parce que ma taille ne convenait pas aux robes. J'étais trop petite et la taille des robes me tombait sur les hanches, et du coup mes hanches ne passaient pas dans la taille de la robe, et cela me faisait horreur oui littéralement et je disais tu vois bien que cela ne me va pas, mieux vaut que je reste dans mon style ou dans mon genre. Mais ça te va, ça te va, il faut faire des retouches et ça t'ira. Non, les retouches ça finit toujours mal et puis je traîne avec des trucs retouchés et on sent bien les retouches et c'est pire que tout.

J'avais l'impression parfois qu'on voulait me retoucher moi, je veux dire me changer un peu et puis que tout irait bien et parfois moi aussi j'avais envie de me changer mais ça ne servait à rien.

Elle répète tout le temps la même chose et quand je lui dis tu me l'as déjà dit, elle se met en colère.

Je n'ai plus rien le droit de dire ici, on m'arrête tout de suite.

La prochaine fois qu'elle répète je ne dis plus rien, mais je soupire.

Elle s'en aperçoit ou pas, je ne sais pas.

Elle ne dit rien et continue son histoire de taxi et d'aéroport, d'une femme qui a de l'argent et qui est à l'hôpital avec un cancer et d'un homme qui est à l'hôpital parce qu'il est tombé dans son appartement à quatre-vingt-seize ans alors qu'il était encore si bien. Maintenant ce ne sera plus jamais pareil. Il se promenait encore et mangeait bien.

Il pleut, il pleut. Pourtant c'est l'été.

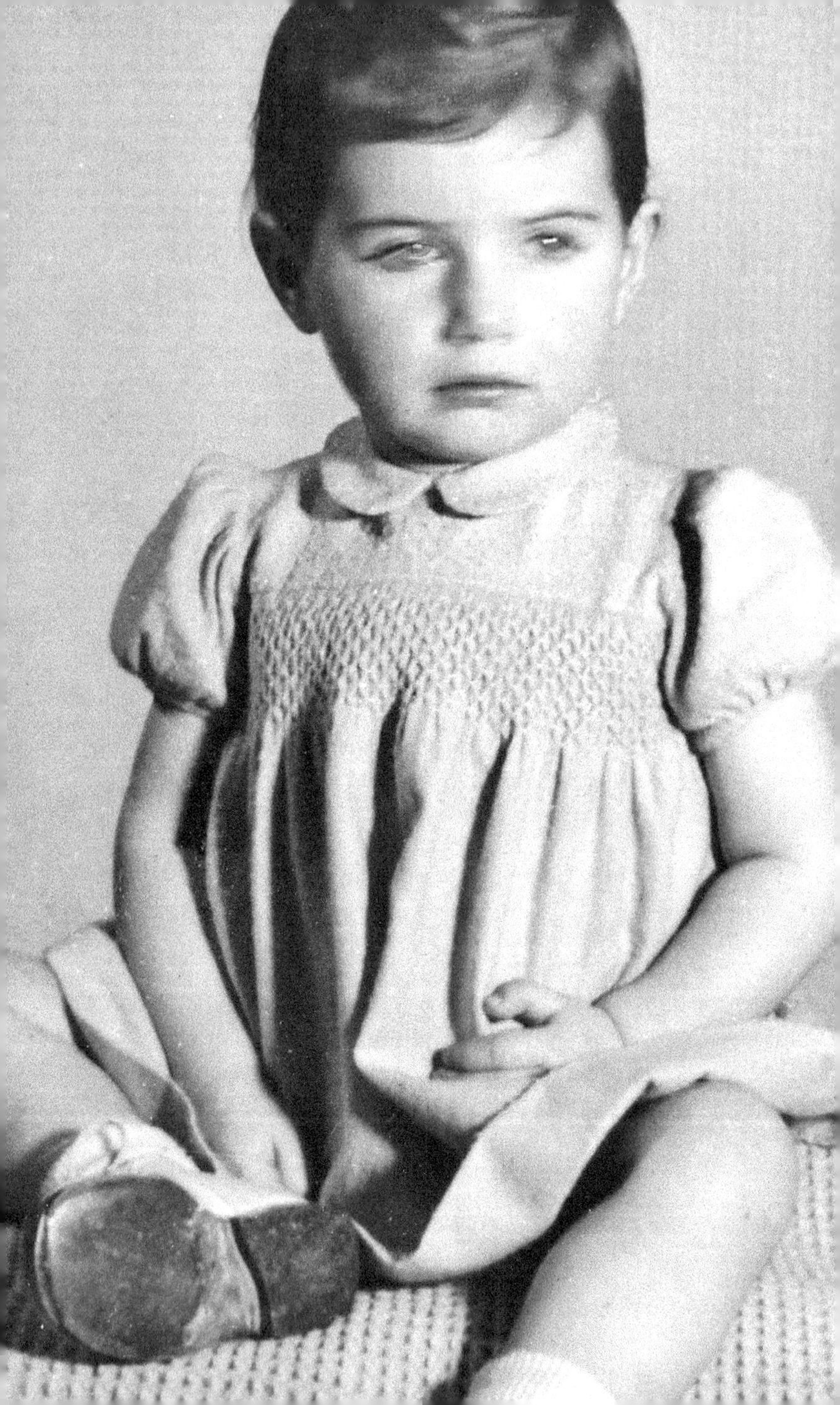

Je me prépare à sa mort. Comment fais-tu, dit quelqu'un. J'essaie de m'imaginer sans elle. Et je pense que ça ira.

Pas pour elle. Pour moi. Ou le contraire.

Mais il paraît qu'on ne peut pas vraiment se préparer alors je perds mon temps.

Elle, elle a une terrible envie de vivre.

Et toi ? Moi je n'en sais rien.

Elle dit, on m'a flouée à l'hôpital. On m'a dit ce sera une petite opération de rien du tout et maintenant je comprends que c'est le contraire. Qu'on va toucher à mon cœur.

Ne t'inquiète pas.

Elle soupire et dit non.

Puis elle gémit sans s'en rendre compte.

Je quitte la pièce.

Je reviens et lui demande pourquoi elle gémit.

Je gémis, mais non je ne gémis pas.

Elle ne s'entend pas gémir.

Elle attend l'aide ménagère. Elle attend toujours à l'avance. Des heures même. Et elle part toujours à l'avance quand elle va n'importe où et même nulle part, même si maintenant elle ne va plus n'importe où. Ou très rarement. D'ailleurs elle reste à la maison la plupart du temps. Mais même là elle attend toujours à l'avance. Même quand il n'y a rien à attendre.

Elle me dit viens, parlons un peu, tu ne dis rien.
Oui parlons un peu. De quoi ? De tout.
Faisons la liste des courses.
Je soupire mais m'assieds quand même en face d'elle dans la cuisine. C'est toujours dans la cuisine que ça se passe.
Un sac de pommes de terre bien farineuses, du fromage blanc, du beurre. Et elle ne sait plus. Des fruits mais les fruits n'ont plus de goût. Et du fromage blanc, tu l'as déjà dit. Oui. Mais j'ai besoin de fromage blanc et du pain gris coupé. Je mets le fromage blanc sur une tartine, un peu de sel, du poivre et ça me suffit pour le soir.
Le matin aussi, mais j'ajoute un peu de confiture. Oui. Ça aussi je sais.
L'étau se resserre.
On fait la liste à deux et elle se réjouit un peu.
Je retourne dans la chambre où j'écris.
Elle entre. Crie mon nom. Oui.
On a oublié quelque chose dans la liste, ajoute, mais je ne sais plus ce que c'est, j'ai oublié.
Et je dis automatiquement, des légumes coupés pour la soupe.
Oui, c'est ça. J'ai toujours besoin d'une soupe à midi. Oui.
Entre-temps j'ai perdu le fil.
Et il faut que j'écrive.
Quand j'écris j'entends moins ses gémissements.

Chaque jour il y a une autre aide ménagère.

Chacune a sa spécialité. Chacune fait quelque chose à manger de son pays et ma mère se réjouit. Elle se réjouit le jour du couscous. Elle se réjouit le jour du plat bolivien. Elle se réjouit. Et chaque fois elle dit on mange bien dans ton pays. Je n'irai jamais c'est dommage. Avant j'allais dans d'autres pays mais c'était surtout pour voir la famille. Le pays ne comptait pas vraiment. Ma fille, elle voyage beaucoup et partout pour montrer ses films.

Elle est même allée au Japon. Elle ne m'en a pas parlé. Elle a juste dit c'est loin. Et du Cambodge, elle m'a juste dit c'est beau. Pourtant je suis certaine qu'il y aurait plein de choses à dire du Cambodge ou du Japon, mais elle n'a presque rien dit. Sauf qu'au Cambodge elle a attrapé un virus dont elle n'arrive pas à se débarrasser. Et quant à la Chine, parce qu'elle est allée aussi en Chine, elle a dit je ne suis allée que huit jours. C'est moderne maintenant et il y a des images énormes partout. Même sur les bateaux on projette des images et elle m'a montré une vidéo. C'était une vidéo de nuit et tout ce qu'on voyait c'étaient des images qui bougeaient sur des bateaux qui flottaient et puis il y avait beaucoup de musique. Je lui ai dit cela doit être gai. Elle a dit je n'emploierais pas ce mot-là. La musique c'est gai, ça donne de l'ambiance. Oui, ça peut.

Enfin, en Chine elle a attrapé un ver solitaire. Je me demande bien ce qu'elle a pu manger. Elle ne fait jamais attention alors il lui arrive tout le temps des choses comme des vers solitaires ou un sale virus, comme au Cambodge. On lui avait pourtant dit de ne pas nager dans la rivière mais elle l'a fait. En plus elle s'est cogné la tête et tordu le pied. On lui avait pourtant dit de porter des chaussures hautes mais elle a oublié sans doute.

Ça a toujours été comme ça avec elle.

Dès que les aides ménagères arrivent ma mère s'arrête de gémir.

Elle réserve ça pour moi ou pour elle toute seule puisqu'elle ne se rend compte de rien.

Quand il y a du monde les gémissements cessent.

Et je revis.

Le matin quand je m'éveille je vais sur le pas de la porte de sa chambre pour voir si elle respire toujours.

Elle respire très fort et avec difficulté mais elle respire.

Son corps si petit, si décharné est emballé dans sa couette. J'ai mal au cœur. Avant il n'était pas comme ça mais c'est comme ça et je me dis ça arrive, sans doute ça m'arrivera aussi.

Elle recommence à parler dans son sommeil. Elle dit, oh non, oh non. Plusieurs fois. Puis pousse une sorte de cri. Puis se calme.

Je m'éloigne d'elle. Je vais m'enfermer dans une autre pièce très éloignée. Mais j'entends encore.

Elle laisse toujours la porte de sa chambre ouverte.

Je vais la fermer.

C'est mieux.

Le bruit qu'elle fait en dormant s'est assourdi.

Je me dis encore une fois il faut que je me prépare à sa mort. Je ne pense pas qu'elle va mourir mais il faut que je me prépare.

J'essaie de ressentir ce qui se passerait en moi si cela arrivait.

Je ne ressens rien.

Peut-être que je suis prête.

Peut-être que c'est parce que je n'y crois pas que je ne ressens rien.

Parfois elle entre dans la petite pièce où j'écris, me cache, l'évite, elle entre là sans prévenir et en criant quelque chose. Je me dis je vais la tuer.

Ce serait facile. Et au fond qu'est-ce qui m'en empêche.

C'est moi qui m'en empêche.

Puis je me dis elle entre parce qu'elle a besoin de contact et je la comprends. Oui je comprends ce genre de chose. Elle a toujours eu besoin de contact. Elle est comme ça et au fond c'est bien.

Je me dis c'est bien, c'est très bien.

Elle aime dire comment ça va et elle aime dire ça va bien. Parfois j'entends bien au téléphone que ça ne va pas si bien mais d'abord elle dit, ça va bien. Quand je lui dis tu as une drôle de voix, elle dit je suis fatiguée. Je lui dis tu es toujours fatiguée au changement de saison. Alors on parle des saisons. Je me dis elle ne devrait pas rester en Belgique en hiver, c'est une trop mauvaise saison mais maintenant elle ne se sent plus la force de voyager et je la comprends.

Je suis sortie pour une heure avec un ami.

Quand je suis rentrée elle m'a dit L. t'a téléphoné.

Bon, je vais la rappeler.

L. m'a dit ta mère pense que tu l'évites, que tu te sens en prison.

Ma mère a raison. Elle a compris. Elle comprend tout.

Elle a vraiment employé le mot prison ?

Non, elle a dit autre chose, je ne sais plus quoi, mais cela voulait dire prison, en tout cas c'est comme ça que je l'ai compris.

J'ai pris un roman policier pour mettre ma tête ailleurs. Mais l'histoire n'était pas prenante. Elle se passait dans la province française. Les rues étaient humides. Je préfère quand ça se passe à Los Angeles. C'est plus grand mais pas seulement. Il y a des meurtres, des coyotes, des highways. La chaleur.

C'est plus grand. Ça suinte moins.

J'arrive à m'abstraire. J'arrive à ne plus entendre ses gémissements.

Une cousine appelle du Canada et me dit combien c'est dur de s'occuper de ses vieux parents. Ma gorge se serre. J'arrive à peine à dire oui. Puis un ce n'est pas le moment, inaudible. On parlera une autre fois.

Elle n'entend pas, je répète à peine plus fort, on en parlera une autre fois.

Cela fait le tour de la famille.

Et tout le monde dit, il faut la mettre dans une maison pour vieux.

Elles sont très bien maintenant, d'ailleurs on les appelle des seigneuries et il y a même des anciens ministres qui y vont.

Je dis, on verra.

Mais je sais, c'est tout vu, elle n'ira pas.

Je la regarde et je sais qu'il n'en est pas question.

Elle ne voudra pas et elle n'ira pas. Non il n'en est pas question. Ma mère, ce sac d'os, se sent encore une personne et pour elle, les seigneureries, c'est pour se débarrasser des gens, c'est pour les gens qui attendent la mort.

Elle ne l'attend pas. Elle ne la veut pas. Il n'en est pas question.

Et puis elle ne veut pas quitter son appartement.

Elle aime son appartement. Dès qu'elle l'a vu, elle l'a aimé. Et depuis elle l'aime toujours et encore plus. C'est la première fois qu'elle a un si bel appartement avec beaucoup de chambres comme ça elle peut accueillir les enfants quand ils arrivent parfois. Elle aime tout dans cet appartement.

Il faut que la cuisine soit très propre.

Mais qu'est-ce que tu veux donc de cette pauvre cuisine ? elle est propre.

Oui, mais il faut qu'elle soit très propre.

Alors je prends une cigarette et je vais la fumer sur la terrasse. Les cendres tombent dans le jardin des voisins, ceux du rez-de-chaussée.

Après une phrase finissant par très propre, il n'y a que ça qui me sauve, fumer une cigarette sur la terrasse.

Et je l'entends encore dire très propre, étincelante, impeccable.

Et je sais qu'il s'agit encore de la cuisine. Je n'entends pas les enfants qui jouent dans le jardin, moi aussi je me sens comme sourde quand elle dit très propre.

Elle se tient à peu près droite devant cette cuisine parce que depuis l'hôpital elle se tient comme un pantin et elle regarde sa cuisine.

Les amies arrivent. On fait la conversation. Tu vas te remettre. Mais oui.

Tu es déjà mieux que la semaine dernière.

C'est le coiffeur qui fait ça. Oui, ça aide. Les trois poils ont été dispersés sur le front. Ça fait jeune. Ça fait pire.

La première sortie a été là, c'était à trente mètres de la maison mais comme elle pouvait à peine marcher ma sœur l'a conduite en voiture et est allée la rechercher. C'est un coiffeur visagiste. Maintenant elle a changé de coiffeur et il lui a conseillé de laisser pousser ses cheveux et quand elle revient du nouveau coiffeur elle est vraiment bien.

Oui, elle est revenue coiffée. La coiffeuse avait réussi à cacher qu'elle n'avait plus que quelques cheveux sur la tête. Je me demande bien comment mais le fait est là.

Alors elle a laissé une personne ou l'autre venir l'après-midi pour le café sans gêne ni honte. Bien coiffée.

Ma sœur servait le café et des gâteaux. Elle mettait la table parce que ma mère était encore trop faible.

Et moi on me faisait bien comprendre qu'il valait mieux que je ne fasse rien sinon j'allais faire une catastrophe. Une vraie catastrophe. Comme casser une tasse, renverser, faire des taches sur la nappe, tomber avec le plateau ou pire.

Et on recommence, mais oui ça ira mieux. Il faut que tu te reposes, c'est tout.

Et l'une ou l'autre demande, et c'est pour quand l'opération.

Dans quatre semaines.

Quatre semaines, l'une d'elles s'exclame. Elles savent toutes qu'on ne sait jamais, qu'elle ne tiendra peut-être pas quatre semaines.

Et tout le monde soupire. Tout le monde sait que tout peut arriver en quatre semaines et même s'arrêter de respirer.

Hier au téléphone elle a dit c'est lourd ce temps d'attente.

C'est vraiment lourd. J'aimerais que ce soit demain.

Je ne lui ai pas dit qu'après, si elle était encore en vie, ce serait lourd aussi. Lourd dix jours à l'hôpital. Et lourd toutes ces semaines pour se remettre, on dit rétablissement.

Je me suis dit je ne serai pas là.

Je ne veux pas être là à l'aider à se remettre.

D'ailleurs je ne l'aide pas. Elle me l'a dit, tu me fais plus de mal que de bien. Rentre chez toi. Elle n'a pas dit exactement comme ça mais au fond c'est ça que ça voulait dire, en tout cas c'est ça que j'ai compris.

Parfois je comprends de travers mais pas toujours. Elle a dit aussi et ça j'en suis certaine, je sens bien qu'ici tu me fuis et que je t'exaspère. Dis-le-moi si je t'exaspère et je dis non, ce n'est pas ça. On dirait qu'elle veut vraiment savoir. Elle a un ton que je ne lui ai jamais connu.

Elle change, ma mère. Moi pas. Je ne lui dis pas qu'elle m'exaspère, je n'ai pas l'habitude de parler comme ça à ma mère. Je crois que je n'ai jamais pleuré ni crié quand j'étais petite ou même plus tard. Je ne voulais pas ou ne pouvais pas et je crois que c'était à cause de ce qui était arrivé à ma mère avant moi.

Je dis juste j'ai quelques problèmes et des décisions à prendre et j'hésite.

Prends-les, n'hésite pas. Non, je dis.

Et je n'arrive pas à écrire.

Ça, je ne peux pas t'aider, je ne suis pas un écrivain.

Un jour, bien plus tard au Mexique, après sa sortie de l'hôpital mexicain où elle était restée des semaines ma sœur m'a dit mais elle ne s'intéresse à rien et tout ce qu'on fait pour elle ce n'est jamais assez.

Non, elle ne s'intéresse à rien et elle a mal partout, c'est ça qui l'intéresse et je la comprends. Même si ce n'est pas vraiment intéressant, c'est intéressant quand même. Elle est percluse de rhumatismes, elle a mal aux mains, au dos, aux épaules, aux yeux, au ventre. Son ventre est gonflé, il y a de l'air dans son ventre. Elle ne digère plus. Elle est faible, elle arrive à peine à marcher. On l'aide à prendre sa douche.

Elle aimerait tellement prendre un bain mais elle ne peut plus, elle ne pourrait pas en sortir de son bain.

Avant elle prenait son bain tous les jours et ça la détendait, elle se sentait mieux après pour un moment.

Maintenant tout ça c'est fini et bien fini. Avant, c'était il n'y a pas si longtemps, c'était avant qu'elle ne fasse ce voyage en business pour aller au Mexique au mariage de sa petite-fille.

C'était après l'opération et le médecin lui avait dit maintenant vous pouvez voyager et marcher. Marcher c'est très important. Tout le monde le lui dit. Mais après l'opération elle était tombée du lit, c'était un an après, alors elle ne pouvait plus prendre de bain.

Après le mariage, c'était fini. Après le mariage, elle est allée à l'hôpital pendant des semaines au Mexique.

Là, tout devait s'achever.

Mon beau-frère a dit elle est forte ta mère, elle est très forte.

C'est lui qui m'a appelée à New York pour que je vienne dire au revoir à ma mère. À New York parce que c'est là que je vivais maintenant avec C.

J'avais de nouveau déménagé pour avoir une autre vie. J'ai dit j'arrive. C. m'a demandé si je voulais qu'elle vienne avec moi. J'ai dit non, ce n'est pas le moment. Une autre fois. Mais ça n'a jamais été le moment et C. n'est jamais venue au Mexique chez ma sœur.

Je suis allée à la banque chercher de l'argent et là devant la caissière, j'ai eu les larmes aux yeux. La caissière, c'était quelqu'un de l'Amérique du Sud, m'a regardée avec une grande douceur alors je lui ai dit pour ma mère. Elle m'a consolée et je me suis sentie mieux. J'ai dormi dans l'avion.

Je me suis quand même demandé pourquoi la grande douceur de quelqu'un qu'on ne connaissait pas pouvait calmer ainsi.

Mon beau-frère était venu me chercher à l'aéroport. Je l'ai vu tout de suite parmi les gens qui attendaient. Je n'ai pas pu lire sur son visage si elle était encore là. On s'est embrassés puis il m'a dit on y va.

On a roulé en silence. J'avais froid. Il n'y avait pas de circulation. C'était la nuit. Il faisait vraiment noir. Tu veux que je mette un peu de chauffage? Si tu veux. Non, n'en mets pas.

À l'hôpital on a pris l'ascenseur ou peut-être pas. Je ne sais plus. Peut-être que c'était au rez-de-chaussée, je n'arrive plus à m'en souvenir.

On s'est retrouvés devant une femme qui a dit, on ne rentre pas tout de suite. C'est interdit. Il fallait qu'elle téléphone pour l'autorisation.

Elle n'arrivait pas à joindre quelqu'un au téléphone et voulait absolument qu'on attende. Mais nous on n'en pouvait plus. On faisait les cent pas devant elle et mon beau-frère a demandé plusieurs fois qu'elle appelle à nouveau. Elle disait tout le temps dans cinq minutes.

Finalement les deux portes se sont ouvertes automatiquement pour laisser quelqu'un sortir du service des urgences. On s'est glissés subrepticement dans un couloir. La femme a crié. On n'a pas fait attention. On a tourné à gauche dans un autre couloir. On était perdus. Il n'y avait personne. On ne savait pas quoi faire. Tout d'un coup mon beau-frère a retrouvé la chambre dans le noir. Il a un incroyable sens de l'orientation même dans le noir. On a d'abord dû mettre un masque, ou après, je ne me rappelle plus. Des tuyaux partout. Des fils. Des ordinateurs qui clignotaient. Un masque à oxygène.

Quand je me suis approchée de son lit, elle a ouvert un œil, elle vivait.

Elle vivait encore. C'est à ce moment-là qu'elle m'a dit tu as été agressive avec moi. Mon beau-frère m'a regardée, il a dit elle délire. Moi je savais qu'elle ne délirait pas.

Au contraire elle disait la vérité. Sans dire je t'aime. Le moment était venu. J'avais oublié les quelques autres fois à Bruxelles. Le coup de poing, le tu me fuis, le tu me fais plus de mal que de bien. J'avais oublié toutes les autres fois qui m'avaient pourtant laissée respirer tout d'un coup.

J'avais oublié mais après je m'en suis souvenue et j'étais contente.

Ma mère disait vrai. J'étais terriblement contente. Je me disais elle change et si jamais elle survit, elle ne sera plus la même et moi non plus. Enfin peut-être.

Je ne sais plus ce que je lui ai répondu.

Sans doute à demain puisque je restais au Mexique quelques jours et que j'allais certainement revenir la voir le lendemain.

Je n'ai pas voulu répondre à ce qu'elle me disait en vrai. J'aurais pu dire c'est vrai, j'ai été agressive, mais ce n'était pas le moment. Au fond j'aurais dû.

Je crois quand même que j'ai baissé la tête.
On est restés un moment en silence.
Puis mon beau-frère m'a dit viens.

Ses yeux s'étaient refermés tout de suite après m'avoir parlé.

Mais elle respirait sous son masque à oxygène. Elle respirait tranquillement.
Cela devait lui avoir fait du bien de m'avoir dit tu as été agressive avec moi. Elle semblait en paix.
Elle vivait. Jusqu'à quand, on ne savait pas.

Le lendemain on l'avait changée de chambre. Elle n'était plus aux urgences mais aux soins intensifs.
Ma sœur a parlé aux médecins en espagnol. Ils ne pouvaient rien dire. Ils faisaient ce qu'il fallait. Ils disaient juste elle est faible. Sans doute pour qu'on n'espère pas, pas encore, c'était trop tôt. On les regardait dans les yeux pour voir s'ils essayaient de nous cacher quelque chose.
Mais ils avaient l'habitude et leurs yeux ne disaient rien.

Dans la maison de ma sœur la vie continuait. C'est toujours comme ça, la vie continue. Ma sœur a dit elle va s'en sortir. Oui, probablement. Elle est forte, elle est très forte, elle ne veut pas mourir. Non. Et le lendemain, elle était toujours là, vivante.

Un jour elle a dit j'ai envie d'aller en Italie. Je voudrais acheter de nouvelles nappes. On manque de nappes. Ils en vendent sur la plage en Italie.
Après elle a demandé pourquoi les docteurs ne parlent pas le français. C'est comme ça ici, maman, on est au Mexique. Il faut dire gracias.

Elle a répété gracias, plusieurs fois avant de se rendormir mais on avait l'impression qu'elle ne comprenait pas ce qu'elle disait.

Alors ma sœur m'a dit et si on allait prendre un café. Ça ne sert à rien qu'on reste ici.

Dans le restaurant de la clinique, un restaurant plein de lumière, j'ai commandé une omelette, un jus de fruit et un gâteau, j'avais terriblement envie de manger. Mais quand l'omelette est arrivée j'ai eu un haut-le-cœur. Ma mère disait toujours tu as les yeux plus gros que le ventre. Mais cette fois, c'est ma sœur qui l'a dit et puis elle a ajouté bois un peu d'eau et puis on y va. Où, j'ai dit. À la maison. On reviendra plus tard, a dit ma sœur. Oui, plus tard, j'ai dit. Elle va vivre, tu verras a dit ma sœur. J'ai dit un petit oui. Oui, j'en suis sûre, a dit ma sœur. Au fond pourquoi pas j'ai pensé, surtout si elle pense déjà aux nappes d'Italie. Pourquoi elle pense à ça ? C'est la morphine a dit ma sœur. On pense à des choses comme ça sous morphine. Je ne savais pas. On pense à plein de choses sous morphine a dit ma sœur. Je m'en souviens à cause de mes dents. Bon j'ai dit, mais je ne voyais vraiment pas ce que les nappes d'Italie venaient faire dans tout ça.

Ni à quoi elle disait gracias mais elle le disait.

Ma sœur m'a dit, elle a été heureuse en Italie alors elle s'en souvient. Tout le monde, tous les amis vivaient encore et on était tous ensemble même si à l'époque papa n'avait pas beaucoup d'argent et que c'était notre premier voyage hors de Belgique.

Moi aussi je me souviens de ce voyage en Italie, je regardais tout le temps par la fenêtre pour voir si je n'allais pas voir P. P. c'était ma grande amie de l'école. Je ne sais pas pourquoi je faisais ça puisque je savais bien que P. n'allait pas en Italie.

Elle va vivre, a répété ma sœur, et j'ai dit oui je te crois et puis de toute façon je suis prête. Mais qu'est-ce qu'on fera si jamais ? On devra envoyer le cercueil à Bruxelles. Chacune soupire. Viens on y va.

Quand on est rentrées, le chien nous a accueillies follement. Il courait dans tous les sens, une vraie toupie.

Je l'attrape, je ris. C'est un chien qui fait rire.

Un si petit chien, un loulou de Poméranie, ça fait rire.

Alors ma sœur rit aussi. Et même les bonnes se mettent à rire.

Tout le monde rit. Plus personne ne sait pourquoi.

On en a les larmes aux yeux.

La table est mise.

Ma sœur n'en peut plus.

Personne n'en peut plus. Tout est silencieux.

Mais ma sœur a envie de s'amuser, d'inviter des gens. Ma sœur veut du bruit.

Mon neveu a envie de sortir. De danser toute la nuit et de boire et peut-être même de rencontrer une fille et de l'embrasser toute la nuit.

J'ai envie d'être comme lui ou comme ma sœur mais je n'y arrive pas alors je vais prendre un somnifère.

Ma sœur dit, déjà. N'en prends pas aujourd'hui. Reste avec nous. N'en prends pas. Je n'en prends pas et je serre ma sœur dans mes bras.

Mon neveu demande comment va sa grand-mère. Ma sœur dit elle est là, elle parle des nappes d'Italie et elle dit gracias.

Elle se croit en Italie, dit mon neveu. Elle aime l'Italie, elle me l'a dit.

Elle m'a dit qu'elle préférait l'Italie au Mexique et que si on s'était installés en Italie elle serait venue nous voir plus souvent et elle se serait sentie moins loin. Elle se sent loin de tous les gens qu'elle aime et elle aurait aimé que personne ne parte si loin. Tout le monde est loin maintenant. Il y en a partout, la famille est partout, il ne reste presque plus personne en Belgique. Il y a des cousins à Miami Beach devant des palmiers, d'autres à Los Angeles, devant la mer, d'autres à Toronto dans la banlieue, d'autres en Afrique du Sud ou ailleurs. D'autres en Israël. On a même perdu la trace de certains.

On se demande où ils sont et s'ils sont vivants. Bien sûr. Pourquoi pas ? On a juste perdu leur trace.

Mon neveu a demandé pourquoi on ne la recherchait pas.

Ma sœur a répondu qu'on ne savait pas comment.

On peut engager un détective privé. Oui, on peut.

On ne le fait pas parce qu'on sait que c'est inutile mais on ne le dit pas.

Un jour ma mère m'a dit à propos de son cousin et de sa mère que sa mère était très moderne et qu'un cousin était venu vivre avec eux, un cousin plus âgé, ils allaient ensemble au gymnasium. Ma grand-mère a retrouvé sa fille, ma mère, en train de pleurer dans la cuisine. Sa mère lui a demandé pourquoi elle pleurait comme ça, elle devait avoir dix ans, parce que j'aime mon cousin. Je suis amoureuse, ça me fait mal. Ma grand-mère lui a dit mais tout le monde aime ton cousin, il est merveilleux mais c'est ton cousin. Tu vois comme elle était moderne. Je ne comprenais pas, mais je disais oui, je vois. Et puis j'ai demandé et qu'est-ce qui est arrivé à ce cousin. Il a disparu comme tous ceux qui sont restés là-bas ? Elle a soupiré.

Tu y penses encore parfois à ton cousin ? Oui, mais le moins souvent possible. Sinon, je me mets à penser à tous les autres. On avait une grande famille là-bas en Pologne, tu sais, une très grande famille. C'était comme ça avant. On avait de très grandes familles. C'est sans doute pour ça que ton père aurait voulu un troisième enfant. Moi non. J'avais deux filles et cela me suffisait, surtout avec toi qui me donnais tant de soucis. Pourtant tu étais une gentille fille et belle avec tes yeux bleus. Tout le monde s'arrêtait devant ta poussette et regardait tes yeux. Et on me faisait des compliments. Mais un troisième enfant, non. L'accouchement était une chose terrible et puis après aussi c'était difficile, surtout avec toi qui ne voulais pas manger et qui criais la nuit à cause de tes cauchemars.

Tu ne voulais pas les raconter le matin alors que moi j'adore raconter mes rêves. Avec mes rêves j'ai l'impression de vivre une double vie. Toi, quand je te demandais de raconter tes rêves ou tes cauchemars tu disais je ne m'en souviens plus mais je voyais bien à ton air effrayé que tu t'en souvenais, mais tu disais je ne rêve pas, c'est pas mon genre.

La journée tu n'avais plus de cauchemars et tu courais dans tous les sens, surtout quand il fallait manger.

Tu disais je ne veux pas manger parce que ça ne passe pas dans ma gorge.

La seule chose que tu voulais bien manger et encore pas toujours, et même rarement, c'étaient des boulettes à la sauce tomate avec des pâtes.

Alors tu en mettais partout et il fallait que je te change.

Ta sœur elle mangeait, mais très lentement. Il lui fallait des heures pour terminer son biberon. Mais elle le finissait. Et elle dormait bien, alors je m'inquiétais moins.

Je vais la voir, dit mon neveu. Ne la fatigue pas, elle lutte. Elle a besoin de toutes ses forces. Quelqu'un veut venir avec moi ?

On ira plus tard.

Plus tard, quand on y est allés, elle se débattait dans son sommeil. Elle parlait, mais on ne comprenait rien. Des mots, des phrases incohérentes. Ma sœur a dit à nouveau c'est la morphine.

Pourquoi on lui donne tant de morphine ? Où elle a mal ? Je ne sais pas, partout.

Ma sœur veut la sortir de l'hôpital, elle pense que ça ne sert à rien et qu'elle serait mieux à la maison. Elle le dit au docteur qui passe en coup de vent.

Le docteur dit que si, ça sert à quelque chose et que si on la sort elle va mourir.

Et ici ? Ici peut-être pas, a dit le docteur en espagnol. Elle réagit bien aux antibiotiques. Mais pourquoi elle délire ? Pourquoi, c'est comme ça. Est-ce que ce sera toujours comme ça ? Non, c'est pour le moment, dit le docteur.

Elle rêve, c'est tout.

Le docteur voulait s'éloigner parce qu'une femme s'était fait attaquer.

Ma sœur a demandé, c'est grave. Le docteur a dit je ne pense pas qu'on pourra la sauver mais on ne sait jamais. Ça arrive souvent. C'est comme ça. On dirait qu'il n'y a rien à faire.

Ma sœur a dit on n'arrête pas les meurtriers. Ils sont plus forts que la police.

Le docteur a dit sans doute.

Puis il est parti.

On va se coucher, a dit ma sœur. Oui. Allons-y.

C'est le matin, j'entends mon neveu rentrer de la boîte de nuit.

Je voudrais être comme lui, je voudrais aller danser avec lui.

Je le dis à ma sœur, elle hausse les épaules. Il n'aimerait pas. Il danse avec des gens de son âge. Oui, bien sûr, je dis. Il doit me voir comme une vieille dame, d'ailleurs parfois à la place de m'appeler par mon prénom, il m'appelle tante, et pour moi qui ai connu les tantes de ma mère, on les appelait les trois tantes, j'ai toujours pensé que les tantes étaient vieilles. D'ailleurs, les trois tantes ne sont plus là maintenant et ma mère n'a plus de tantes.

Mais on en parle encore de ces tantes-là, on pense à elles parfois et même souvent. Enfin, ma mère et moi on en parle et on rit. Et de mon père aussi on parle. On rit moins, je ne sais pas pourquoi.

Ma mère pense qu'il la protège, même mort. Je lui dis toujours oui. Oui, sans doute.

J'ai raconté à ma sœur ce que ma mère m'avait dit le premier soir parce que je ne faisais qu'y penser, il fallait absolument que je lui raconte qu'elle avait juste ouvert les yeux pour me dire que j'avais été agressive avec elle, et que c'est tout ce qu'elle m'avait dit. Ma sœur m'a dit encore elle délire, n'y pense plus. Oui, j'ai dit.

Au mariage, enfin après le mariage quand on mangeait et dansait, ma mère ne dansait pas, elle qui avait tant aimé danser aux mariages et ailleurs aussi, j'ai pris une cigarette et ma mère m'a dit avec violence ne fume pas, et j'ai répondu avec violence laisse-moi tranquille et j'ai fumé. C'est de ça que ma mère se souvenait. C'est pour ça qu'elle m'a dit tu as été agressive, elle m'a dit ça en me reconnaissant dans cette chambre presque noire de l'hôpital.

Après, après sa sortie elle a affirmé qu'elle ne se souvenait plus de rien, elle m'a fait raconter ce qui s'était passé et comment moi et Clara l'avions portée dans les escaliers jusqu'à sa chambre parce qu'elle ne marchait plus et puis comment elle était allée à l'hôpital et que là on avait bien vu qu'elle avait une embolie pulmonaire et que les médecins n'étaient pas certains qu'elle allait survivre. J'ai dit tu es passée à un fil et tu vas aller mieux petit à petit.

Elle ne se sentait pas aller mieux.

Si, je t'assure tu vas mieux, moi qui ne t'ai plus vue depuis quelques semaines je peux te dire que tu es méconnaissable et que tu n'as même plus besoin d'oxygène.

Avant tu avais tout le temps besoin d'oxygène et maintenant plus du tout, et ça c'est un changement, un bon changement, et tes joues ont plus de couleur. Tu trouves, elle m'a dit. Oui. Et c'était vrai.

C. m'avait dit, avant que je parte, il se peut que ta mère meure. Oui. Il se pouvait.

C. parlait toujours vrai et c'était la vérité. Il se pouvait bien que ma mère meure et même si je disais que j'étais prête je ne pense pas que je l'étais.

C. s'y connaissait en mort de mère. Mais quand on lui demandait des détails, elle disait no comment. Toujours ça, sauf une fois.

Quand je suis arrivée au Mexique pour le mariage j'ai eu un choc en voyant ma mère. J'ai dit à ma sœur, elle a pris vingt ans en quelques semaines, comment est-ce possible.

Elle était verte et maigre et elle le savait bien mais malgré tout elle essayait de faire bonne figure à cause du mariage. On ne prend pas vingt ans quand sa petite-fille se marie et on n'est certainement pas verte. Il faut se réjouir. Un jour sa petite-fille aura un enfant et il faut se réjouir. S'habiller, se maquiller.

Se réjouir.

Quelqu'un l'aide pour s'habiller parce qu'avec son épaule cassée elle n'y arrive plus.

Heureusement c'est son épaule gauche. Et il n'y avait plus rien à faire pour cette épaule. Ses os étaient comme du sable et ils n'arriveraient pas à retenir le clou si on lui en mettait un. C'est ce que m'avait dit le docteur.

Je ne savais pas quoi dire, j'ai demandé mais elle pourra encore se servir de son bras gauche. Oui, mais pas comme avant.

Il me regardait mais ne répondait pas, il répétait juste non, pas comme avant, j'ai dit bon, alors ne l'opérons pas.

J'ai eu tort et maintenant il n'y a plus rien à faire et elle ne peut absolument pas se servir de son bras gauche et de toute façon ce n'est pas des clous qu'il aurait fallu mettre mais une prothèse, mais je ne l'ai su que bien plus tard.

Enfin, ce docteur était un idiot mais comme je l'ai lu quelque part, les idiots sont aussi des victimes.

Quand elle s'est réveillée, je lui ai dit tu n'as plus dix-huit ans. Quand tu vas aux toilettes allume la lumière et puis lève-toi doucement.

Je vois, je n'ai pas besoin d'allumer la lumière. Je vois la lumière qui vient des voitures dans l'avenue qui donne sur la salle à manger. Non, il faut quand même que tu allumes.

Quand je lui ai dit tu n'as plus dix-huit ans, j'ai bien vu que son monde s'écroulait. Elle a refusé de manger, elle a refusé de boire, et le soir et le matin quand je venais la voir parce que la journée je travaillais et le travail c'est important, je comprenais qu'elle se laissait aller, qu'elle avait décidé de ne plus résister. À quoi bon quand on n'a plus dix-huit ans. Elle se laissait mourir tout simplement.

Je me suis dit sans doute qu'elle sait ce qu'elle fait.

Et toute la semaine s'est passée comme ça.

Ma sœur arrivait le vendredi alors dès le jeudi elle a recommencé à manger. Elle avait peur de ma sœur. Elle savait bien que ma sœur ne la laisserait pas faire, que ma sœur n'allait pas la laisser aller à la mort comme ça. Elle s'est remise à manger. Elle détestait la nourriture de l'hôpital, alors moi et ma cousine on lui amenait de la nourriture en bouteille de la pharmacie et elle la buvait. Elle la buvait lentement mais elle la buvait.

Je me suis dit il n'y a qu'avec moi qu'elle a envie de mourir.

Je me suis dit que peut-être maintenant elle acceptait de n'avoir plus dix-huit ans et qu'au fond cela devait arriver et que ce n'était pas aussi terrible que ça. Elle aimait tant plaire. Et cela avait affaire avec ses dix-huit ans. Mais on pouvait plaire à tout âge. Enfin presque. Avec son poignet bandé, son épaule cassée et tout qui lui faisait mal c'était plus difficile mais cela pouvait quand même arriver. Surtout avec les brancardiers qui étaient beaux et forts.

Alors sans doute qu'elle commençait à penser qu'elle pouvait encore plaire aux beaux jeunes gens. Et puis aussi elle avait peur de ma sœur qui allait arriver alors elle s'est remise à manger.

Je lui ai dit que c'était formidable qu'elle mange. Elle m'a à peine répondu.

Il fallait se maquiller pour le mariage. Elle se maquillait et c'était pire. Le rouge la rendait encore plus vieille. Le rouge sur les joues. C'était pire mais je ne disais rien.

Toi aussi tu peux te maquiller, me disait ma mère. Oui.

Elle ne lâchera jamais. Jusqu'à sa mort elle me dira ce genre de chose.

Je me disais c'est sans doute bon signe, c'est sans doute pour ça qu'elle est toujours vivante. C'est sans doute pour ça que mon beau-frère dit elle est forte ta mère, elle est très forte.

Je me demandais si c'était si bien d'être si forte que ça.

Tout le monde, enfin, mon beau-frère et ma sœur peut-être aussi me disaient c'est parce qu'elle a survécu, elle a appris comment survivre et puis elle devait être forte pour avoir survécu.

J'en avais assez de toutes ces histoires de survivants. Pendant des années, je n'avais pensé qu'à ça. Maintenant j'en avais assez. Vraiment assez. Je me disais que peut-être en en ayant assez c'était le début de ma guérison parce que moi aussi j'étais malade. Et je le suis toujours. C'est une maladie cyclique et chronique. Je prends tous les jours des médicaments pour mon humeur. C'est une maladie de l'humeur. D'ailleurs quand je suis de très bonne humeur il faut que je me méfie. Il faut que je perde vite cette trop bonne humeur sinon moi aussi j'irai à l'hôpital où l'on m'enfermera. Si je suis sans humeur, sans humeur du tout, sans envie de rien alors personne ne me voit et je ne vois personne, alors on ne m'enferme pas. J'ai pensé un peu naïvement qu'en en ayant marre de penser aux survivants et à ceux qui ne le sont pas j'arrangerais mon humeur et ma maladie, puis j'ai lu que ce n'était pas possible, que ma maladie était liée à mon état de nourrisson, que moi nourrisson je n'avais pas remarqué que j'avais un père, enfin que peut-être ma mère ne m'avait pas laissée remarquer cela, enfin que ma mère et moi étions trop liées et que ce lien-là m'avait été fatal. Ce n'est pas vrai puisque quand j'étais petite je disais toujours que je voulais un mari comme mon père. Ce n'était donc pas vrai mais ça ne changeait rien.

Et ce n'était pas un trou que j'avais dans mon tissu, un trou qu'on pouvait éventuellement réparer, mais c'est que le tissu lui-même était foutu et qu'il n'y avait rien à faire. Donc je peux continuer à penser aux survivants et à ceux qui sont morts mais je n'y pense plus, sauf quand mon beau-frère m'y fait repenser. Ou quelqu'un d'autre. Ou quelque chose d'autre.

Tout est bon pour y repenser, même les mots ou les choses qui pourraient faire penser à quelque chose d'autre. Et ces mots sont nombreux, comme par exemple quand on me dit l'air est pur, ou bien quand on me dit ça grouille de vermine, ou encore c'est la crise et qu'on ajoute comme en 33. Ou encore des choses bien plus anodines mais pour le moment je n'arrive plus à m'en souvenir, le mot souvenir aussi, ou le mot mémoire. On a tant de devoirs maintenant. Comme celui de ne plus fumer, et la fumée aussi me donne des crampes comme mot. Ou bien la plaine, ou la terre.

Enfin une série de mots, comme Noël et Nouvel An, mais ça c'est des crampes d'autres sortes.

Et aussi petit papa Noël quand tu reviendras du ciel, même le mot ciel parfois me fait frissonner, pourtant j'aime le ciel, j'aime tous les ciels, surtout quand ils sont larges. J'aime tant le ciel que je peux rester des heures dans mon lit à Paris à regarder le ciel.

Tout le monde dit tu as beaucoup de chance de voir le ciel depuis ton lit, et je suis d'accord.

À New York il faut que je me torde le cou pour voir un coin de ciel et pourtant j'habite à Harlem. Dès que je me retrouve à Harlem j'ai envie de retourner à Paris et après quelques jours à Paris j'ai envie d'aller ailleurs, et même à Harlem mais aussi ailleurs, mais je ne sais pas vraiment où. Mais j'irai quand même. Oui, j'irai parce que j'avais emmené C. à

New York et ça devenait insupportable. J'avais des insomnies et je pleurais tout le temps. C'était insupportable.

Pourtant C. me poussait à parler vrai et je disais oui, c'est ce que je veux. Ça doit être bien et c'est vraiment ce que je veux. Elle me veut beaucoup de bien et elle m'en donne. Elle me disait sors-toi de l'enfance, ça suffit.

Oui, je le savais que ça suffisait mais je n'y arrivais pas.

Pas vraiment en tout cas.

Et la plupart du temps je ne parlais plus du tout. Je refusais, parfois j'essayais, mais mal.

S'il n'y avait pas eu cette question de parler vrai, sans doute que cela n'aurait pas duré si longtemps avec C., mais j'avais l'impression qu'elle m'arrachait à moi-même avec toutes ses questions et que c'était bien.

Mais à la place de vraiment parler vrai je parlais mal. Je disais des choses terribles à elle et à mes proches et ce n'était pas de la parole vraie. C'était juste détruire. J'étais fière, et puis je regrettais.

Je comprenais vaguement que ce n'était pas comme ça qu'il fallait parler vrai et qu'on pouvait faire des reproches aux autres sans être terrible mais avec distance et bienveillance. Mais dans les moments de mon faux parler vrai je disais des choses tellement terribles que j'en étais malade après.

Et je retombais dans mon côté où je ravalais tout et cela redevenait de la colère qui me tuait à petit feu.

Pourtant quelqu'un m'a dit, quand tu fais des films tu t'y mets tout entière. Je ne savais pas parce que je ne me connaissais pas, et certainement pas mon entièreté. Et les films finis, c'est comme si je n'avais rien fait que de la buée. J'avais besoin de faire de la buée. Vraiment j'en avais besoin, mais mon tissu restait toujours foutu.

J'aimais faire des films mais quand les autres gens parlaient de moi en employant mon prénom et mon nom je savais qu'ils parlaient d'une personne qui pour eux avait fait plus que de la buée mais quelque chose comme une œuvre. Je ne voulais pas les contredire. Surtout pas. Je ne voulais pas leur dire que c'était de la buée alors je ne disais rien.

Ma mère distille une angoisse insupportable et on la fuit pour ne pas être contaminé mais on est quand même contaminé et ma mère sent qu'on la fuit et qu'on la traite comme un meuble, enfin pas vraiment et même pas du tout mais parfois elle sent ça alors son angoisse monte et on la fuit encore plus.

Ma sœur me dit ne fais pas attention, il ne faut pas faire attention, moi je ne fais pas attention. Je vais je viens, je ne lui dis pas où et je ne lui donne pas le numéro de mon portable.

Ma mère veut absolument téléphoner à ma sœur. Pourquoi tu veux lui téléphoner, elle travaille. Laisse-la. J'ai quand même envie de l'appeler pour savoir quand elle rentre.

Elle rentre pour déjeuner. Quand même je voudrais lui parler.

Bon, je l'appelle. C'est occupé. Ma mère tord ses doigts.

Et D. ? D. c'est mon neveu, son petit-fils, et D. ? Il va il vient, il ne dit pas où. Il est ici comme à l'hôtel.

Mais maman c'est un homme maintenant.

Je ne reviendrai plus jamais au Mexique. Et cela tombe comme un couperet et c'est vrai, elle n'y reviendra pas.

Elle va rentrer chez elle à Bruxelles, là au moins c'est au niveau de la mer et on respire mieux qu'à Mexico qui est en altitude et à Bruxelles peut-être qu'elle se sentira mieux. En tout cas c'est ce qu'on lui fait croire et on essaye d'y croire et elle aussi. Et elle va avec l'infirmière qui lui tient le bras jusqu'au jardin s'asseoir au soleil.

Ici elle n'est sortie que trois fois. Elle dit cela comme un reproche.

Mais maman tu ne tiens pas debout.

C'est pas ça qu'elle veut dire. Et je comprends mais je ne le montre pas. Ici elle n'est plus maître de sa vie. On va on vient autour d'elle.

Elle, elle reste là avec l'infirmière.

L'infirmière ne la quitte pas d'une semelle et elle ne prend même plus de bain. L'infirmière la lave, la douche.

Elle aimait tant prendre son bain le matin, c'était un vrai plaisir. Elle n'a même plus ça.

Aujourd'hui elle n'a pas envie de prendre une douche, ça la fatigue.

Je lui dis prends-la demain, tu n'es pas sale de toute façon.

Mais ma sœur veut qu'elle prenne sa douche et qu'elle ne reste pas traîner en peignoir. C'est mieux.

Ma sœur ne supporte pas que ma mère traîne en peignoir. En plus le peignoir tire d'un côté avec son épaule cassée.

Je ne sais pas pourquoi mais avec son peignoir on sent plus son épaule cassée. Et quand je demande à ma sœur qu'est-ce qu'on va faire pour son épaule cassée, elle dit il n'y a plus rien à faire. N'en parle pas, elle n'y pense plus. On l'aide juste à s'habiller et voilà, au fond c'est pas si grave. Non pas si grave, mais qu'est-ce qui est grave ? On vit avec une épaule cassée après tout. On mange, on dort.

Même avec un cœur cassé, avec des mains déformées, on vit avec tout ça.

Elle me commande, tu sais, dit ma mère, je ne peux pas faire ce que je veux, elle se fâche sur moi, ta sœur.

Je mange tu sais, je mange même souvent. Oui, tu es mieux, mieux qu'il y a un mois, je lui dis.

Ça prend du temps, tu as été très malade mais tu te remettras, d'ailleurs tu te remets déjà. Et j'avais déjà envie de partir comme d'habitude et partir à ce moment-là c'était rentrer à Harlem.

Pourtant depuis que nous sommes à Harlem C. et moi, je n'ai plus écrit une ligne. Alors pourquoi rentrer. Je ne dis pas que C. m'empêche d'écrire ni que je l'empêche d'écrire, elle qui doit écrire un livre, mais il y a quelque chose en nous quand on est ensemble qui empêche.

Pourtant chacune aimerait que l'autre écrive et ait du bonheur. Mais c'est le contraire qui se passe. Je ne prends même plus de notes. Et la seule chose qui me vient à l'idée d'écrire mais je ne l'écris pas, c'est que j'entends moins bien les aigus et que parfois je ne comprends pas tout.

Je suis prise dans un filet qui se resserre chaque jour et plus il se resserre moins il y a d'amour.

Se peut-il qu'un jour je me demande mais où est ce filet et que le filet me manque.

J'espère que non, mais on ne sait jamais. J'ai l'habitude de me créer des prisons. Et c'en est une de plus, alors pourquoi elle ne me manquerait pas après tout. Une prison en vaut une autre. Mais celle-là je la ressentais encore plus que les autres qui m'étaient habituelles.

Et pourtant tout avait si bien commencé. Je lui avais même dit que j'étais heureuse un jour.

Maintenant j'essaye de lui dire, desserre ce filet, laisse-moi respirer, tu nous fais du mal. Je veux rompre, je ne sais pas comment rompre. Je viens, je vais, je cache, j'invente. Évidemment, après je ne sais plus ce que j'ai dit mais elle elle sait, elle se souvient de tout et même du reste. De chaque mot, chaque respiration, chaque silence, chaque visage baissé ou qui se détourne, de chaque je ne sais pas pourquoi je ne dors pas, je ne sais pas pourquoi je m'éveille en pleurant. Et j'affirme c'est vrai, je ne sais pas. Et il y a une partie de moi qui dit vrai, une partie de moi qui ne sait pas, pas complètement en tout cas.

Et elle me dit avec sa mémoire sans faille, tu as dit la semaine dernière (mardi) que tu savais un peu pourquoi tu ne dormais plus. Je ne sais plus maintenant, j'ai dit. Je ne sais plus ce que je t'ai dit.

Elle ne me croit pas et me le dit. Si, tu sais. Je me défends et je m'enfonce.

Elle a une force de perception telle que chaque fois que j'essaie de m'en sortir par un mot tendre ou un geste pour effacer le reste, c'est le reste qui ressort et c'est encore pire.

Alors je n'essaie plus de m'en sortir et je reste en silence. Mais là aussi c'est pire. C'est pire, tout le temps pire.

Elle est assise ou couchée sur l'horrible divan de plastique noir et elle lit ou essaye de lire. Je ne sais pas.

Maintenant je me dis que le divan n'est pas si horrible. Mais à l'époque, oui.

Elle lisait ou essayait mais j'avais l'impression qu'elle ne lisait pas beaucoup mais m'observait, je ne sais pas pourquoi. Enfin si, je sais un peu. Elle était sur le qui-vive sans doute.

Elle s'imaginait que j'allais la laisser là, que j'allais l'abandonner sans doute. Alors elle m'observait. Me scrutait. Lis, je pensais, écris. Ne te préoccupe pas tant de moi.

Elle me disait tu vas tu viens pour ne pas rester là avec moi, et c'était un peu vrai. C'était vrai.

Dès le matin je cherchais quelque chose à faire pour ne pas rester là. Pour qu'elle ne puisse pas m'observer. En fait je n'avais pas envie de sortir, j'avais un virus, j'avais mal au ventre, je ne dormais pas la nuit. Alors j'avais envie de rester au 527 West. Je n'arrivais pas à dire à la maison. Non. Je ne me sentais pas à la maison sauf parfois. Oui, parfois on se couchait dans les bras l'une de l'autre, c'étaient des moments de répit et puis ça recommençait parce que si jamais j'arrivais à m'endormir je me réveillais en pleurs.

Et elle recommençait avec ses questions, pourquoi tu pleures, je ne sais pas. Si, tu sais. Non. Ça arrive, c'est tout.

Non.

J'essaie de me débattre, parfois je n'essaie plus. J'étouffe.

Elle me regarde de ses yeux sombres et terriblement sérieux, elle me regarde et j'ai l'impression qu'elle voit à travers moi. Son regard ne me quitte pas pendant si longtemps que tout d'un coup je soupire pour m'en défaire et l'oublier.

Un jour j'ai dit à mon meilleur ami de New York, ça va finir par un meurtre. J'ai essayé de raconter ce qui se passait pour voir si quelqu'un avait raison ou tort dans cette histoire.

C. avec son intelligence était presque parvenue à me convaincre que quand je téléphonais à quelqu'un d'avant, d'avant elle, j'avais tort. Que quand je fermais mon ordinateur quand elle arrivait c'était pour cacher ce que j'écrivais, mais ce n'était pas vrai. Et je n'écrivais pas. Je lui expliquais que c'était machinal mais elle ne me croyait pas. Alors j'essayais de réfléchir et je me demandais si c'était vraiment machinal. Et je me disais oui, ça l'est. J'essayais parfois de lui prouver que c'était machinal, c'était encore pire alors je me taisais. Je parlais de moins en moins pour ne pas lui donner l'occasion de me faire des reproches terribles et que je ne comprenais pas vraiment.

Alors elle me reprochait de me taire.

J'essayais de dire quelque chose, je cherchais, je ne trouvais pas.

Je laissais planer le silence.

En plus il faisait sombre dans l'appartement alors le silence était encore plus fort.

Ma mère demandait sans arrêt des détails sur ce qui lui était arrivé. Il fallait qu'elle reconstitue le tout et dans le bon ordre. Elle avait l'impression que si elle reconstituait toute cette histoire elle irait mieux.

Tu as été tout près, à un cheveu. Vraiment ? Raconte-moi ce qui s'est passé. Je lui raconte. Elle dit, vraiment. Demande encore des détails. Demande encore. Puis elle dit, je ne m'en souviens plus.

Je ne me souviens plus, tu te rends compte comme on peut oublier. Il y a des choses que je préfère oublier mais pas cette histoire. Elle me manque celle-là. Quand je la connaîtrai bien je pourrai l'oublier mais avant je veux pouvoir m'en souvenir et je ne me souviens de rien. Ça me rend malade.

Alors je cherche dans ma mémoire des détails et je me rends compte que moi aussi j'ai oublié et que je n'ai pas compris comment d'un jour à l'autre elle s'est retrouvée aux urgences. Mais elle, elle veut absolument savoir. Alors je dis tu as dû attraper quelque chose dans l'avion. On attrape souvent des choses dans l'avion. Et il n'y a pas besoin de se souvenir de tout. Tu es là et c'est tout ce qui compte. Et nous pensons, enfin moi je pense, mais dans quel état. Avec des yeux morts et sans joie. Fallait-il vraiment la faire revenir de la mort je me demande. Mais elle, elle voulait vivre. Tout le monde le dit, elle est forte. Et moi je regarde ce pauvre être décharné et fou d'anxiété.

On lui met un fauteuil dans le jardin au soleil, un grand chapeau de paille sur la tête et de loin cela semble presque paradisiaque (ou idyllique). Une vieille femme, oui, mais qui jouit du soleil, de ses enfants, de ses petits-enfants.

Mais les enfants, les petits-enfants ne font que passer, bonjour au revoir, tu t'en vas déjà, oui travailler, et toi aussi. Oui.

Et je demande tu ne veux pas lire un peu, non je vois trouble. Écouter de la musique, mon appareil auditif m'a blessé le conduit de l'oreille gauche, j'ai le conduit trop étroit. L'appareil me blesse. Tu vois, c'est rouge. Ça va passer. Oui, dit ma mère, peut-être mais ça dure. Passer comme tout le reste, mais ça passe de plus en plus difficilement. Personne n'a envie d'écouter tout ça alors tout le monde part et elle, elle reste avec l'infirmière qui ne parle pas le français. Et avec moi quand je suis là pour deux trois jours.

Mon beau-frère c'est lui surtout qui le dit, mais parfois aussi le chauffeur et même d'autres comme l'infirmière, une infirmière qui ne quitte pas ma mère d'une semelle. Tout le monde le dit, elle est forte.

À la fin ma mère en a assez de cette infirmière, je le vois bien, et puis aussi qu'on dise tout le temps qu'elle est forte quand elle se sent si faible. Mais elle ne dit rien parce qu'elle n'est pas chez elle. Et quand elle dit quelque chose on ne l'écoute pas toujours. Tout le monde sait mieux qu'elle ce qui est bien pour elle. Alors l'infirmière dort même dans sa chambre. Ma mère dit c'est bizarre de se réveiller avec une infirmière dans l'autre lit, une infirmière qui ne parle pas le français.

L'infirmière veut apprendre mais on n'apprend pas si vite. Alors elles se comprennent autrement. Mais ma mère préférerait une infirmière qui parle le français. Elle pourrait au moins lui parler.

Enfin c'est comme ça et le matin c'est pas si mal parce que le matin elle crie de faim et dans cette maison tout le monde se lève tard même les bonnes, alors l'infirmière lui apporte du café et des corn flakes et cela la calme. Parfois elle arrive même à se rendormir, comme ça elle se réveille à l'heure où tout le monde se réveille quand enfin il y a du bruit dans la maison et souvent ma sœur vient voir si elle a bien dormi et lui dit maman lève-toi, ne reste pas au lit. Non, je me lève.

Mais tu sais même mon épaule pas cassée commence à me faire mal. Oui, c'est à cause du déséquilibre entre les deux épaules, il y en a une qui penche plus que l'autre. Tu as mal ? Pas vraiment, mais j'ai comme une épaule morte. Oui, à Bruxelles tu verras ton kinésithérapeute, il arrangera ça. Oui, ma mère adore son kinésithérapeute et il y a de quoi.

Elle va rentrer chez elle à Bruxelles. Pour le moment elle ne peut pas, elle est encore trop faible mais bientôt.

Elle en a envie et a un peu peur de la solitude, mais au fond elle a vraiment envie d'être chez elle et de faire comme elle veut.

Mais elle ne peut encore rien faire toute seule. Ses mains tremblotent, ses jambes répondent à peine. Il faut te remuscler maman, il faut que tu marches. Je marche déjà un peu, au moins cinq minutes. Demain tu marcheras six minutes et après-demain sept. Oui, elle fait de la tête. Oui, sans doute.

Quand elle s'assied soit on l'aide, en général c'est l'infirmière, soit elle se laisse tomber sur sa chaise. Que faire sans muscles. Mange des protéines maman. On lui fait des piqûres de vitamine B12 et parfois même des transfusions de sang contre l'anémie.

Un soir ma sœur vient me voir dans la chambre où je dors, l'ancienne chambre de sa fille qui vient de se marier. Moi comme d'habitude je me couche tôt pour fuir la vie. Ma sœur a envie de me parler. Elle n'en peut plus et je la comprends.

Et toutes les deux on se demande si elle a toujours été comme ça, si tournée sur elle-même, égoïste au fond ou quelque chose comme ça. Ou autre chose.

On n'arrive pas à se souvenir. On ne se souvient plus des bons moments. On ne se souvient plus de comment était notre mère avant.

On ne se souvient plus de comment elle s'est occupée de nous. On ne se souvient plus qu'il y avait de la joie à la maison grâce à elle.

On ne se souvient plus qu'elle venait nous chercher à l'école, qu'elle nous protégeait, qu'elle se battait pour nous. On ne s'en souvient plus.

Ni même qu'un jour elle a dû aller en cachette de mon père dans un grand magasin où j'avais volé. Et qu'elle avait été humiliée. Ni même qu'elle faisait des économies pour m'envoyer vingt dollars quand je m'étais enfuie à New York pour la première fois.

Et tout d'un coup je me souviens, et c'est un souvenir terrible, je me souviens qu'elle était venue me voir avec mon père dans la clinique où j'avais été enfermée. Ils marchaient tous les deux dans le brouillard du grand parc. Ils avaient l'air minuscules dans le brouillard.

Je me suis dit quand je les ai vus de loin, je vais faire bonne figure.

Je savais que tous les deux avaient mal. Que tous les deux souffraient d'avoir une fille enfermée dans une clinique. Oui, il fallait absolument faire bonne figure. Je ne l'ai pas dit à ma sœur.

Ils ont parlé au docteur. Le docteur s'appelait docteur Campagne et portait une cravate en cuir.

Je lui ai dit c'est pas votre vrai nom, vous cachez votre vrai nom dans la terre française, dans la terre de la campagne mais je vois bien que vous n'êtes pas de la campagne, j'ai ajouté en jouant avec sa cravate et j'ai continué comme par inadvertance mais pas vraiment, est-ce que vous savez que les Allemands faisaient des lampes avec la peau des juifs ?

Alors on m'a tout pris, mes ciseaux et des choses de ce genre, tout ce qui était pointu en tout cas et on m'a enfermée.

La nuit j'ai voulu sortir de ma chambre pour faire un tour dans le couloir. J'en avais vraiment assez de ma chambre. J'ai essayé d'ouvrir la porte. Pas moyen. Je me suis dit il y a quelque chose que je ne comprends pas dans cette ouverture de porte avec mon manque de sens pratique. Mais je comprenais très bien, la porte était fermée à clé. J'étais tout simplement enfermée. Je me suis dit je n'aurais rien dû dire au docteur Campagne ni lui parler des juifs. Je me suis dit ils n'ont pas le droit. C'est trop. Je ne suis pas venue ici pour qu'on m'enferme mais pour aller mieux et comme l'enfermement est une partie de mon problème j'irai pire.

Dès l'aube j'ai appelé mon docteur de la ville. Heureusement le téléphone marchait. Il m'a fait libérer de cette chambre. On m'a donné une chambre qui donnait sur le parc et dont la porte s'ouvrait aussi sur le parc et l'air c'est bon pour la santé, comme l'air de la campagne par exemple. Mais souvent je n'aime pas la campagne. Je ne me souviens plus si on m'a rendu mes ciseaux. De toute façon je suis vite partie à Bruxelles en passant par le grand parc embrumé et je suis restée là avec mon père un long moment. C'est comme ça que j'ai appris à connaître mon père et à l'aimer. Et il y avait de quoi.

Ma mère m'a dit un jour, en sortant de là-bas mon cœur était mort. Peut-être qu'il était encore un peu mort quand j'étais petite, ou bien pour toujours, mais je ne crois pas. Enfin je ne sais pas. Et à quoi ça sert de le savoir. Ça sert sans doute à se défendre devant tant de mots d'amour qui sonnent parfois faux, un peu en tout cas et même souvent. Mais parfois pas.

À part ça elle ne disait rien sur là-bas même quand je lui demandais, sauf des choses comme, une amie m'a sauvée en allant voler des pommes de terre. Elle me disait que des choses formidables. Sinon elle ne pouvait rien dire.

Ma mère sent bien que ma sœur se défend et que moi j'ai plus de mal.

Elle sait que ma sœur fait tout ce qu'il faut pour la garder en vie à n'importe quel prix, tout sauf l'écouter, tout sauf se serrer dans ses bras et c'est surtout ça dont ma mère a envie et besoin, qu'on la serre contre son propre corps et qu'ainsi elle s'oublie ou le contraire, qu'elle se sente exister.

Est-ce que je suis comme ça moi aussi, je ne crois pas. Mais alors pourquoi un jour j'ai décidé d'aller voir C. à Londres. Oui, pourquoi si ce n'était pour se serrer dans les bras et en plus des bras que je ne connaissais même pas, sauf par e-mails ou par textos ou par messages sur Facebook. Oui, j'imaginais alors et c'était bouleversant. J'aurais dû rester dans l'imagination, au fond c'est mieux pour moi surtout quand ça commence comme ça. Mais c'était la première fois, je n'avais jamais vécu cette expérience alors j'étais sans défense ni méfiance.

J'ai dit à ma sœur tu n'aurais jamais dû me mettre sur Facebook.

Ma sœur m'a dit je ne t'ai pas mise sur Facebook pour ça.

Je sais, mais c'est quand même arrivé et c'est difficile à défaire.

Pour toi peut-être, a dit ma sœur qui était mariée depuis plus de trente ans.

Elle me l'a dit avec une grande gentillesse. Cette gentillesse m'a émue, j'avais envie de pleurer. Je lui ai dit tu es très jolie aujourd'hui. Ta robe est très belle. Tu trouves ? J'ai dit oui et tu sais j'ai encore de bons moments.

Heureusement. Et maman tu ne trouves pas qu'elle va mieux, elle n'a pas encore de bons moments, je veux dire de vrais bons moments mais elle va mieux. Oui, c'est vrai. Mais elle parle moins qu'avant, ça la fatigue. Parfois, elle parle et c'est des bons moments pour elle pour l'instant.

Un matin elle m'a beaucoup parlé. Je lui ai répondu, je ne sais plus à quoi. Les mots qu'elle dit parfois ne comptent pas. Seule compte la réponse à ce qui n'est pas exprimé. Alors je lui dis ce qu'elle a envie d'entendre.

Je lui ai dit que je ne resterais pas à New York, que je retournerais à Paris, comme ça je serais près d'elle et je viendrais la voir souvent à Bruxelles. Pas chaque semaine, mais souvent. Oui, ce sera bien, elle dit. Voilà, je ne sais pas me défendre.

Immédiatement je pense que je n'ai pas bien fait de dire ça à ma mère et il vaudrait peut-être mieux que je reste à New York, alors je l'appellerai de temps en temps sur Skype et c'est tout. Bon, on verra.

Ma mère dit encore une fois, je ne pourrai plus jamais venir au Mexique.

Non. Sans doute que non. Je dis c'est eux qui viendront, ma sœur, son mari, sa nièce et son mari et son petit-fils qu'elle pourrait dévorer s'il se laissait faire.

Il est tellement beau, elle me dit. Oui, je lui dis, c'est vrai. Et tendre, pour un garçon, c'est étonnant. Parfois il me prend par le bras et on marche ensemble dans le quartier quelques minutes, je ne peux pas plus. Et je me sens fière et mon cœur se gonfle. Oui, je sais, maman.

Elle aime aussi très fort sa petite-fille qui vient de se marier. Sa petite-fille aura sans doute bientôt un enfant, mais quand, personne n'arrive à le dire et personne n'ose demander à sa petite-fille si elle a ce genre de projet. Ma sœur dit je crois qu'ils vont attendre encore un peu, elle et son mari. Mais pourquoi attendre, c'est le moment dit ma mère, elle n'est plus si jeune, jeune encore mais pas tant que ça.

Tout le monde soupire et tout le monde a envie que ma mère n'aborde pas ce sujet et surtout pas devant sa petite-fille qui est très susceptible et soupe au lait comme sa mère. Heureusement, elle et son mari sont partis en voyage de noces en Asie. Ce sera un beau voyage et tout le monde se réjouit pour eux.

Papa et moi on était partis à Paris en voyage de noces dit ma mère et il y avait des puces dans le matelas et les toilettes étaient dans le couloir, on s'est grattés toute la nuit. Puis on est rentrés. C'était quand même un voyage de noces. Puis le lendemain on travaillait, il fallait travailler. Oui, je sais maman.

On a beaucoup travaillé toute notre vie. Oui je sais maman, j'étais là. Toi aussi tu travailles. Oui mais pas autant. Quand même tu travailles. En ce moment je ne fais pas grand-chose j'ai rien dans la tête, aucune idée. Ou trop, j'ai pensé.

Ça viendra dit ma mère. Tu dis toujours ça. Et si cette fois ça ne venait pas ?

Maman, l'infirmière va t'habiller. Tu te maquilles, tu mets du rouge à lèvres, tu vois bien que ça ne va pas avec le peignoir. Ah ça fait du bien de parler un peu. Oui.

J'ai faim, dit ma mère, ils vont arriver et on va manger tous ensemble. Mais il est déjà trois heures et j'ai faim. En Belgique je mange à midi et demi. Ici ce n'est pas comme ça. Mange une soupe en attendant.

On m'a déjà donné une soupe mais elle était si légère que je n'ai rien senti. J'ai envie qu'ils reviennent du travail je ne supporte plus d'attendre. Mange un bout de pain. Je ne peux pas avec mon appareil qui me blesse les gencives.

Oui je sais, je n'aurais jamais dû dire mange un bout de pain.

Mange un fruit en attendant. Juste avant le repas ?

Oui, c'est mieux de manger un fruit avant le repas. Je l'ai lu dans un journal.

Je n'ai pas envie.

C'est que tu n'as pas vraiment faim.

Elle soupire.

L'infirmière s'inquiète.

Ma mère essaye de se lever de son fauteuil.

Tu vois j'ai encore besoin qu'on m'aide.

Oui je vois. Mais tu es déjà mieux. Fais quelques pas. Cela te fera oublier ta faim.

Je n'ai pas envie de manger mais j'ai faim.

Fais quelques pas, après tu auras envie de manger.

Elle fait quelques pas avec l'infirmière et lui dit quelques mots en français, l'infirmière sourit comme si elle comprenait mais elle ne comprend rien.

Ma mère conduit l'infirmière vers la salle à manger, l'infirmière l'aide à s'asseoir à sa place.

Ma sœur entre et dit tu es déjà assise. Oui, je vous attendais.

Tout le monde s'assied. Les plats sont sur la table.

L'infirmière coupe la viande et les légumes en tout petits morceaux. Ma mère ne peut pas avec son épaule cassée.

Tout le monde mange de bon appétit sauf ma mère.

Tout d'un coup elle me fait une remarque sur la façon dont je mange.

Mon neveu rit. Tu la traites comme un enfant de quatre ans, et tout le monde rit.

Moi je n'ai pas envie de rire mais je ris quand même pour faire comme tout le monde.

Ma mère me dit pourquoi tu ris comme ça, bêtement. Pour moi un enfant est toujours un enfant. Mon neveu dit oui bien sûr c'est normal mais avec ma tante tu la traites vraiment comme un enfant qui n'a pas grandi, ça fait rire.

Riez, dit ma mère. Riez ça ne fait rien. Surtout que depuis le mariage on ne riait plus beaucoup et surtout pas devant la photo où ma mère souriait pendant le mariage. On n'aimait pas ce sourire-là.

Et puis ça fait du bien de rire et à Harlem je ne riais presque plus jamais sauf parfois. Je l'avais emmenée dans cet appartement, dans cette ville qu'elle ne connaissait pas.

Je l'avais abandonnée pour un mariage puis pour une mère mourante. Pour la mère mourante elle m'avait proposé de m'accompagner.

J'avais dit non.

Elle avait quitté son appartement, une amie, son travail et toutes les semaines, parfois toutes les deux semaines je lui disais ça ne marche pas, on ne s'entend pas. J'avais fini par lui dire avec fierté je ne t'aime plus. Elle m'a dit ce n'est pas possible. Ce n'est pas vrai.

Avec fierté parce que je croyais enfin pouvoir dire quelque chose que j'avais du mal à dire. Je me suis dit, je suis forte pour une fois, je parle. Je parle vrai.

Je me sentais épiée, analysée, scrutée, elle avait l'oreille si fine que même quand je parlais au téléphone et que je disais moi aussi, elle l'entendait, elle savait que je disais moi aussi, je t'embrasse.

Elle entrait dans la chambre les yeux noirs de colère et me faisait entendre pendant des heures qu'elle ne pouvait plus supporter ça. Elle criait. La chienne nous regardait d'abord l'une puis l'autre. Alors je lui caressais la patte et je lui disais ne t'en fais pas. Mais elle s'en faisait. La chienne s'en faisait, C. s'en faisait et moi je m'en faisais horriblement et j'étouffais. J'étouffais chaque jour un peu plus sauf quand je me rendais, que je n'appelais plus L., que je ne me trouvais pas des occupations loin d'elle, que je ne la fuyais pas. Non, je me rendais. Les premiers jours ça faisait du bien. Et puis ça redevenait terrible. Non, je ne voulais pas me rendre, je voulais téléphoner, je voulais rire avec n'importe qui et n'importe comment.

Au mariage, une amie de ma sœur était venue embrasser ma mère avec une grande sympathie, de l'affection même, et ma mère avait enfin souri.

Puis cette amie s'est mise debout derrière elle et a appelé la photographe pour qu'elle les photographie toutes les deux. Ma mère a dit je ne suis plus tellement photogénique, plus du tout même.

Mais si, a dit l'amie, au contraire. Ses bras entouraient le corps décharné de ma mère. Il y avait un bruit fou dans la salle, c'était la musique, les cris, les rires, on dansait même la hora. Il fallait crier pour s'entendre.

Ma mère a entrouvert ses lèvres pour la photo, j'ai eu mal au cœur. Ce sourire figé avec effort. Ne souris pas maman, ce n'est plus la peine, mais elle, elle tenait ses lèvres tirées comme pour un sourire et la photographe prenait son temps. Ma mère attendait là, se tenant le plus droit possible, les lèvres figées dans ce qui ressemblait à un sourire, le visage vert, les lèvres trop rouges, trop maquillées. On aurait dit qu'elles saignaient.

Enfin, c'est fait. Je suis soulagée, elle aussi. Je vous enverrai la photo, a dit la femme qui tenait encore ma mère dans ses bras. C'est gentil mais il ne faut pas, a dit ma mère. Vous avez déjà assez de travail comme ça. Mais non, a dit l'amie de ma sœur.

Maman il est tard et si on rentrait. Oui, il est tard, je ne sais pas pourquoi mais je suis fatiguée. Avant je n'étais pas fatiguée aux mariages.

Oui, je sais mais la journée a été longue. Elle me regarde presque hostile. C'est pas une raison. Mais si.

Moi je n'en peux plus. La journée a commencé à sept heures et les photographes sont arrivés à huit heures et les coiffeurs, les maquilleurs juste après. Heureusement tu t'es coiffée, tu t'es maquillée. Au moins je n'ai pas honte.

Je bois une gorgée de vin. Ne renverse pas. Non.

Les taches ne partent pas après. Je sais. Mais parfois elles partent.

Elle attend encore un peu. Elle sort un moment de sa torpeur.

Puis elle dit, comment on va faire pour rentrer. Il y a un minibus et un chauffeur. Il est là pour ça.

Tu crois ? Encore une fois anxieuse. Oui, j'en suis sûre mais si tu veux je vais aller voir. Oui, va voir. Elle se tord encore les mains. Doucement, je les desserre. Alors elle s'accroche à son sac de bal.

Et tout d'un coup elle demande et ton chien, il est où. À Paris.

Quelqu'un s'en occupe ? Oui.

Quand je suis revenue auprès d'elle après avoir vu le minibus et le chauffeur qui attendait c'était pire. Elle n'arrivait plus à se lever. On l'a aidée Clara et moi, et avec elle on a traversé la grande salle de bal dans le bruit au milieu des danseurs et des tables et du tonnerre de cris de joie.

Pas à pas ma mère luttait, la respiration courte.

On l'a quasiment portée dans le minibus puis portée dans les escaliers de la maison jusqu'à sa chambre puis on l'a déshabillée en silence.

Clara et moi on se regardait. On comprenait que c'était grave. On s'est dit tout bas, ça ne va pas.

Elle avait l'air d'une morte vivante avec des yeux transparents, sans vie presque. Mais avec de la vie quand même.

Je lui tenais la main. Elle a fermé les yeux. Je n'étais pas sûre qu'elle dormait mais ses yeux étaient fermés. Elle respirait, elle haletait.

Le lendemain elle entrait à nouveau à l'hôpital, aux urgences.

Et moi je devais partir, je devais aller gagner ma vie à New York.

Ma sœur m'a dit vas-y, tu ne peux quand même rien faire ici.

Et si jamais, non, elle sera encore là quand tu reviendras j'en suis sûre. Je ne sais pas. Si. Elle sera là. Le chauffeur va te conduire à l'aéroport. Vas-y.

Va à New York. Va travailler. Vas-y. Rentre.

À New York les nuits blanches avaient commencé, se succédaient.

L'appartement on l'avait choisi ensemble pour son alcôve qui séparait les deux pièces principales.

Et puis tout s'était fait par mail, de loin, le bail, l'argent.

On n'avait pas pu imaginer que les fenêtres seraient entourées de murs si près.

Juste un coin de ciel.

Parfois bleu.

Il n'a neigé qu'une seule fois, un seul jour en novembre.

C. s'est réjouie.

Elle avait un peu froid mais elle se réjouissait.

J'ai pris l'avion. Je m'en voulais déjà, jamais je n'aurais dû partir.

J'essayais de lire mais pas moyen. Puis je me suis dit il faut que je me prépare. Mais comment faire. Il faut que je m'imagine sans elle. Mais je n'avais aucune imagination. Alors j'ai regardé par la fenêtre, le ciel, les nuages. Il fallait tant de temps pour arriver à New York. Je me suis dit on n'arrivera jamais. Je donnais des coups de pied sans m'en rendre compte dans le fauteuil de devant. Une personne s'est retournée et m'a demandé d'arrêter, avec violence. Évidemment elle ne pouvait pas savoir. Elle croyait que je le faisais exprès, que je ne tenais absolument pas compte ni d'elle ni de son dos. Je n'ai ni bu ni mangé. Je me levais, me rasseyais. On n'arrivait toujours pas. Rien à faire. J'essayais de respirer comme on m'avait dit de le faire quand j'étais anxieuse. Mais je n'étais même pas anxieuse. Non. J'essayais simplement de me préparer à la mort de ma mère.

Puis en espagnol et puis en anglais on nous a dit d'attacher nos ceintures. On allait atterrir. Je n'avais plus envie d'atterrir. J'avais envie de rester dans l'avion pour toujours.

Mais on a atterri et les gens se sont bousculés vers la sortie de l'appareil, moi j'attendais. Quand tout le monde est descendu j'ai fini par me lever, je ne sentais pas mes jambes mais j'avançais.

Les valises tournaient. Je ne faisais pas attention. J'attendais là comme tout le monde mais j'avais oublié pourquoi.

Puis tout d'un coup je me suis souvenue que j'avais une valise et qu'il fallait que je la prenne sur le tapis roulant.

J'ai confondu. J'ai pris une valise qui n'était pas la mienne.

Quelqu'un est arrivé, m'a arraché la valise des mains en criant en espagnol.

J'ai dit sorry, gracias. Mucho gracias. J'ai compris que ce n'était pas ça que je devais dire alors je n'ai plus rien dit.

Je suis restée là devant le tapis roulant un moment et j'ai fini par prendre ma valise. C'était la seule qui restait, il fallait bien que ce soit la mienne.

Dans la synagogue, la synagogue était pleine, on attendait.

Déjà les photographes, les vidéastes étaient là juste devant mon nez. Je les ai poussés. Je voulais voir ce qui allait se passer. À côté de moi il y avait ma cousine.

Puis tout d'un coup la marche nuptiale a retenti, on s'est tous retournés.

Je ne sais plus exactement comment ça s'est passé, je sais que mon beau-frère s'avançait dans l'allée avec ma nièce, sa fille en robe blanche.

Puis je ne me souviens plus du reste. À la fin il y avait ma mère au bras de son petit-fils. Elle marchait, hagarde. Je lui ai caressé la joue quand elle est passée devant moi puis je me suis tournée vers ma cousine et j'ai dit, elle n'en a plus pour longtemps. Je ne sais pas ce que ma cousine a répondu. Je crois qu'elle a dit, elle est pâle, mais je n'en suis pas certaine, je crois qu'elle a baissé les yeux. On ne parle pas de mort à un mariage. Puis un peu plus tard je l'ai vue s'essuyer les yeux et puis elle m'a dit, ne dis pas ça, et puis on ne sait jamais, elle va peut-être se remettre. Oui, peut-être. Mais j'avais du mal à le croire. Alors ma cousine a laissé tomber son sac par terre, on s'est toutes les deux baissées pour ramasser le poudrier qui s'était cassé et la poudre qui s'enfuyait et le rouge à lèvres, une brosse à cheveux, un peu d'argent. Des kleenex.

Tout le reste j'ai oublié. Le verre cassé, les anneaux passés. Tout. Mais il y a les images. Un jour je les regarderai.

Plusieurs fois j'ai repoussé les photographes qui étaient sur la petite estrade. Ça ne servait à rien. Je ne voyais rien. Je n'avais rien vu de ce jour sauf ma mère.

Et à la place de me réjouir j'avais eu mal au cœur tout au long et en plus je n'avais rien vu.

J'avais demandé à ma sœur si C. pouvait venir. Elle m'a dit c'est pas le moment. Je comprenais et je ne comprenais pas. Qu'est-ce que ça pouvait faire après tout. C. était seule à New York et m'attendait. Elle était seule, ne connaissait personne. Qu'allait-elle faire. Il y avait tant de monde au mariage. Personne ne la remarquerait. Ou tout le monde. Était-elle si différente. Ma sœur a dit elle ne m'a pas parlé à Venise. À moi si, a dit son mari. Ma sœur a dit, M. aurait pu venir. Quand elle m'a dit ça j'ai pensé à M. une fois de plus. J'ai pensé à notre intimité. J'ai pensé à tout ce qui s'était passé entre nous. Je ne me souvenais plus bien pourquoi tout d'un coup tout s'était arrêté. Avec C. il n'y avait pas cette intimité-là sauf sur Facebook et un peu après. Un peu après encore, mais pas la même. C'était normal puisqu'elles étaient différentes et que C. était si jeune. Donc l'intimité était différente. Je ne peux pas le nier. C'était donc autre chose. Après, peu à peu quelque chose s'est perdu. Autre chose est arrivé. Puis tout s'est arrêté. Heureusement C. ne pouvait pas lire dans mes pensées de loin. Je me suis dit cette fois encore heureusement elle n'est pas là.

Ma sœur a dit, L. aurait pu venir aussi parce que c'est de la famille.

Mais pas C. J'ai dit je comprends, puis je m'en suis voulu mais je comprenais le point de vue de ma sœur. Ma sœur voulait que tout se passe bien. Et tous ceux qui avaient été invités appartenaient, mais pas C.

Après j'ai essayé de danser un peu pour faire comme tout le monde. C'est ce que je faisais toujours aux mariages surtout quand j'étais jeune et que mon père était encore là.

Ma sœur a dit aux hommes, aux garçons qu'il fallait me mettre sur une chaise qu'on soulevait et qu'on rabaissait plusieurs fois.

Puis je suis retournée près de ma mère. Elle avait les yeux dans le vague. Et sa robe pendait d'un côté à cause de son épaule cassée.

Je ne pense même pas qu'elle avait encore la force de se réjouir du mariage et une grand-mère doit se réjouir. À quoi pensait-elle. À tout ce qui lui faisait mal sans doute. De temps en temps elle tordait ses mains. Je ne pouvais pas le supporter.

Avant, elle avait tellement aimé danser aux mariages et même ailleurs en vacances en Italie ou ailleurs, et elle dansait bien.

À New York C. a écrit quelques mails et notamment à notre propriétaire, une femme jeune. Plus tard on l'a rencontrée avec sa mère, une femme très élégante avec un chapeau. C. a écrit qu'on avait encore quelques problèmes dans l'appartement et qu'elle venait de voir une souris courir du corridor au salon. Une toute petite souris mais une souris quand même et qu'elle n'était pas habituée aux souris et qu'elle pensait qu'elle ne s'habituerait jamais mais que s'il le fallait elle s'habituerait mais qu'elle espérait ne pas en voir d'autres.

Elle savait que les souris pouvaient se multiplier alors là même s'il le fallait elle ne s'habituerait pas. Elle avait lu quand elle était petite un livre sur Harlem avec des gens très pauvres qui étaient attaqués par des rats et elle se disait que s'il y avait des souris il y aurait peut-être un jour des rats. Elle avait vu la souris rentrer dans un trou près du radiateur et elle avait réussi à boucher le trou. Mais il y avait d'autres trous et elle ne pouvait pas passer sa vie à boucher des trous.

Elle avait aussi écrit que la machine à laver le linge ne marchait plus très bien et quand elle s'arrêtait il y avait encore de l'eau dans le fond et que ce n'était pas normal.

Mais qu'a-t-elle fait d'autre à New York toute seule, C. Je lui ai téléphoné, elle m'a dit tu as l'air d'aller très mal. Vraiment. Je ne m'en rendais pas compte. Au fond, heureusement qu'elle n'était pas venue parce qu'au dîner qui a précédé le mariage j'ai ri avec un jeune garçon qui me faisait rire. Juste ça.

Elle n'aurait pas aimé. Elle aurait dit c'est du flirt. Mais pour moi ce n'était rien, j'avais juste envie de rire. Besoin de rire au milieu de la catastrophe annoncée. Rire sur un volcan. Tout le monde était étonné que je rie tant et tout le monde était étonné que je sois de si bonne humeur. Et pourtant C. au téléphone m'a dit tu as l'air d'aller très mal. Elle avait senti de loin ce qu'il y avait en dessous de ce rire. Mais heureusement le rire elle ne l'avait pas entendu sinon elle aurait été blessée. Maintenant je dis blessée mais à l'époque j'aurais dit jalouse, jalouse pour rien. Comme si je n'avais pas le droit de rire un peu.

Il y avait du bon vin, de la bonne nourriture et un jeune garçon comique à côté de moi et je riais, je le taquinais un peu et on riait bien. Ça faisait longtemps que je n'avais plus ri comme ça. Si longtemps que je ne me souvenais même plus qu'on pouvait rire comme ça.

À New York je devais faire attention quand je riais. Je riais encore parfois mais beaucoup moins que d'habitude. Et ça me manquait et je m'assombrissais et j'allais téléphoner dans la rue pour être tranquille.

Alors j'entendais mal à cause du bruit mais je riais quand même et j'avais du plaisir.

Je téléphonais à mes amies de Paris et j'avais du plaisir.

Quelqu'un a dit à ma sœur, je ne savais pas que ta sœur était comme ça, pleine de rires.

Mais si, a dit ma sœur, pourquoi pas.

Je n'ai pas ri longtemps. Dès le lendemain je n'ai plus ri du tout.

Je me suis dit ma sœur a bien fait de dire que pour C. ce n'était pas le moment. Ma sœur a souvent raison. Et cette fois-ci elle avait vraiment raison, d'ailleurs au fond je le savais qu'elle avait raison, je n'avais pas insisté quand elle m'avait dit que ce n'était pas le moment que C. vienne. Pas au mariage de sa fille en tout cas. Je n'avais pas insisté et au fond j'étais contente même si je m'en voulais. Oui, je m'en voulais mais je me disais tant pis. Et puis je suis certaine C. n'aurait pas aimé, et en plus elle était timide mais c'est pas pour ça qu'elle n'aurait pas aimé.

Dès dix heures du matin le jour du mariage, ils étaient tous là.

Il y avait un monde fou dans la maison. Les photographes, les coiffeurs, les maquilleurs, ils étaient tous là et tout le monde s'agitait. Tout était photographié, chaque seconde de vie.

Le moindre geste, sourire, position dans l'escalier. Ou ailleurs, tout était photographié et il fallait tout le temps sourire.

Ma nièce était en haut de l'escalier. On lui arrangeait sa robe de mariée.

Sa robe de mariée était magnifique, ma nièce était magnifique et souriait. Clara lui posait le voile sur la tête. Elle prenait alors une position puis une autre. Et tout, absolument tout était photographié.

Au bout d'un moment j'ai dit je commence à en avoir assez de ces photographes. Ma nièce a dit, ça ne fait que commencer. Un peu sèchement peut-être, ou avec de l'humour et même un peu de distance. Non, sans distance. Certainement sans distance. Mais sans doute avec de l'humour,

enfin je n'en sais rien. Qu'est-ce que je faisais là. Toute ma vie j'avais été contre. Pourtant j'avais été à de nombreux mariages surtout quand j'étais jeune et chaque fois j'avais essayé de faire bonne figure et d'avoir l'air très joyeuse et très jeune à cause de mon père. Je ne savais pas encore qu'il savait que j'étais d'un autre genre et je voyais bien qu'il espérait qu'un jour ce serait mon tour aussi.

Pourquoi si j'étais contre j'avais été à tant de mariages et c'était toujours toute une histoire parce qu'il fallait s'habiller pour en être, du mariage, et comme ça on me voyait moins et on ne se disait pas celle-là n'est pas encore mariée. Pour appartenir sans doute, mais je n'appartenais pas. Non, pas du tout. Et j'étais contre. Mais sans doute pas assez pour ne pas y aller. Cette fois c'était le mariage de ma nièce et grâce à ma sœur j'avais une nièce et j'appartenais un peu. J'appartenais mais me sentais encore plus seule. Plus seule que jamais. Mais j'avais une nièce et un neveu et je les adorais. Donc je me sentais moins seule.

Et au fond que l'un ou l'autre se marie cela n'avait pas d'importance même si pour eux cela en avait et pour beaucoup d'autres gens aussi.

Ça ne changeait rien et je les aimais et c'est tout ce qui comptait.

Pour C. cela aurait été pire encore. Elle n'avait même pas de nièce. Et ma nièce n'était pas sa nièce. Elle aurait pu le devenir mais tout le monde faisait comme si C. n'existait pas.

Pourtant elle existait, elle m'attendait à New York et elle avait une existence très forte. Ou trop vraie ou trop, simplement trop. Belle mais d'une autre beauté. Trop grave sans doute. Parfois douce, parfois irascible et timide. Elle n'aurait pas supporté ce mariage. Ce n'est pas comme ça qu'elle s'amusait. Elle se serait renfermée dans un coin alors tout le monde aurait vu qu'elle était dans un coin avec un visage fermé. Elle n'était pas comme moi, elle n'aurait pas essayé d'appartenir. Elle se serait juste refermée. Elle aurait donné une mauvaise atmosphère à un moment où tout était fait pour qu'on se réjouisse. Ma sœur aurait été gênée. Mon beau-frère aurait dit ce n'est pas grave mais tout le monde aurait remarqué et cela aurait peut-être même jeté un froid.

Pourtant quand elle avait rencontré ma nièce un soir de Noël l'année précédente à New York, quand on était venues juste pour une semaine, quand elle l'avait rencontrée dans un restaurant italien avec son fiancé amoureux tout s'était apparemment bien passé. C. souriait, écoutait avec attention comme toujours. Je n'ai jamais vu quelqu'un qui écoutait comme ça. Au début j'aimais ça. Et quand je lui disais parmi beaucoup d'autres choses j'ai l'impression que les bras d'une pieuvre m'enserrent, une pieuvre parce qu'on était en Grèce sinon j'aurais sans doute dit autre chose, elle m'écoutait avec concentration puis me disait on va les défaire un à un les bras de cette pieuvre et tu seras sauvée.

Elle voulait me sauver. Je le sentais bien. Oui, elle le voulait au début et même à la fin.

Ma nièce m'avait dit elle est mignonne mais est-ce qu'elle n'est pas un peu jeune pour toi.

Sans doute. J'avais haussé les épaules. Il faisait très noir dans le restaurant. On avait beaucoup bu. Je n'ai pas dit à C. ce que m'avait dit ma nièce, je sais bien ce qu'elle m'aurait dit je ne suis pas si jeune que ça et puis quelle importance.

Je m'en souviens comme d'un bon moment même si déjà on avait commencé à se disputer.

Tout ça parce que L. avait téléphoné plusieurs fois.

On avait commencé à se disputer et c'était la première fois. En fait c'était la deuxième mais j'avais déjà oublié la première. Je ne l'avais pas prise au sérieux cette dispute-là, j'aurais dû.

Cette première fois avait été le prélude d'une longue série de disputes.

Et dans cette première fois il y avait déjà tout.

Tout ce qui nous a amenées là où l'on en était. Et moi je n'avais pas compris, je n'avais rien vu venir parce que ça ne m'était jamais arrivé avant.

J'aurais dû me méfier mais j'étais sans méfiance.

J'aurais dû sentir qu'il fallait que j'arrête là, après la première dispute, que jamais je ne supporterais les suivantes. Je détestais les disputes et je n'étais pas bonne en dispute et surtout pas avec C. qui était si persuasive. Oui, elle était si persuasive que je pensais elle doit avoir raison et je me rendais. Jamais je n'avais vécu ça avant. Jamais je n'avais vécu dans la peur d'une prochaine dispute. Souvent il me semblait manquer d'air. Mais jamais je ne m'étais sentie surveillée.

Même mon rire je devais le surveiller. Pas toujours mais un certain rire avec des gens que je connaissais ou pas, comme avec un garçon de café par exemple ou quelqu'un d'autre, un rire léger sans importance, à part le plaisir du moment et qui n'allait pas plus loin.

Plus tard C. a aussi rencontré mon neveu, toujours à New York bien après le mariage. Quand je lui ai demandé s'il ne la trouvait pas trop jeune il a dit c'est mieux les jeunes et ça m'a fait mal au cœur. Je pensais à moi, pas à C. Je savais que pour lui je n'étais pas jeune et donc que ce n'était pas mieux.

Maintenant je me tourne et me retourne dans mon lit à Harlem et je me dis les bras de la pieuvre m'enserrent, ils sont toujours là.

J'ouvre un œil. Je reconnais la chambre de Harlem.

C. est là, à côté de moi. Pour le meilleur ou pour le pire. Elle dort.

Ses petits yeux noirs sont fermés. Elle les ouvre. Sourit. Dit bonjour en grec et ajoute un mot tendre. Je respire. Je me dis ça va être une bonne journée. Pas comme hier ni avant-hier.

Oui, les nuits blanches avaient commencé.

Elle, elle finissait par s'endormir.

Moi, si jamais il m'arrivait de m'endormir je me réveillais très vite les yeux pleins de larmes.

Puis au milieu de la journée j'allais me poster devant elle fièrement et disais tu vois bien que ça ne va pas. Fièrement parce qu'enfin j'arrivais à dire quelque chose.

Ses yeux graves me regardaient, hésitaient entre la colère et la douleur.

Je ne mangeais presque pas. J'avais des crampes ou des nausées.

Elle me regardait suspicieuse.

Des paquets arrivaient sans arrêt. Des cadeaux pour moi.

Je les recevais sans joie.

On finissait par passer presque toute la nuit devant des films commandés sur Netflix, devant notre écran ultraplat.

C'étaient les moments où on était bien ensemble.

Puis elle mettait une musique douce qui devait m'apaiser, m'endormir mais n'y arrivait pas.

Pourquoi ?

Je ne sais pas.

Ce n'est pas vrai.

Si.

Oui, il y avait des moments où l'on était bien. Oui, bien. Tout simplement bien. Parfois après des disputes terribles.

On était épuisées toutes les deux, alors on se sentait mieux et on laissait la dispute se terminer bien. Jusqu'à la prochaine.

Parfois elle se couchait sur moi et c'était comme d'étranges sanglots qui finissaient par la prendre. Des sanglots rauques et enfantins. Elle pleure, elle jouit. Elle pleure ou elle jouit. Les deux sans doute. Je n'avais jamais entendu ça.

Parfois je réagissais.

Parfois je restais immobile.

Death meat, elle disait. Oui, viande morte.

Savoir qu'on a été heureuses.

Ma sœur m'a dit vas-y. J'étais rentrée. J'avais un peu raconté le mariage mais pas trop. Elle m'avait écoutée, trop. Avant, j'aimais ça. Maintenant moins. Surtout des histoires de mariage où elle n'avait pas été invitée.

Et tout le reste. J'avais pas dit que j'avais ri avec un jeune garçon. Surtout pas ça.

En fait j'avais presque rien dit du mariage et certainement pas que j'avais ri ni qu'à la synagogue les hommes étaient d'un côté et les femmes de l'autre ni qu'il y avait énormément de monde. Ni que ma nièce n'avait pas arrêté de sourire ni que ma sœur avait une très belle robe. Non, rien de tout ça. J'avais juste parlé de ma mère et que j'avais mal au cœur, terriblement mal au cœur. C. m'a dit il se peut que ta mère meure, comme elle me l'a dit quand ma mère est entrée aux urgences. J'avais envie de lui dire ce n'est pas une chose à dire mais je savais que c'était une chose à dire et spécialement par C. qui connaissait ça, alors je n'ai rien dit.

Mais j'avais envie d'être seule. Je n'avais ni envie d'être écoutée si fort ni regardée et même scrutée. Elle, elle voyait tout même quand il n'y avait rien à voir. Elle entendait tout même quand il n'y avait rien d'important à entendre. Elle souffrait de ce rien. Moi aussi.

C'était irrespirable. Je n'en pouvais plus. Je savais qu'elle souffrait et je n'en pouvais plus.

Et tout le temps elle me demandait, pourquoi tu ne dors pas.

Un jour on l'avait prise pour ma fille au supermarché. C. souriait. Elle disait l'âge n'a pas d'importance. Est-ce que ça a de l'importance pour toi ? Je mentais en disant non. D'ailleurs quand je l'avais rencontrée à la gare à Londres pour la première fois, j'avais eu un choc, elle avait l'air d'avoir dix-sept ans. Elle ne disait rien. Je me suis dit, je suis folle et puis je me suis dit tant pis.

Elle marchait avec quelque chose de dix-sept ans alors qu'elle en avait trente. Elle riait. Quand elle riait et sortait de son silence avec quelque chose de dix-sept ans, encore une fois je me disais tant pis.

Elle marchait, elle riait comme ça mais son regard qui m'observait était grave et sombre.

J'étais venue à Londres avec une valise bourrée de livres, de livres très sérieux. Je les avais à peine feuilletés dans le train. C'est tout. Et je ne les ai jamais lus. Ce n'était pas le moment. Plus tard non plus. Je ne les ai pas non plus posés à l'arrêt du bus pour que quelqu'un d'autre les lise. En général c'est ce que je faisais mais seulement avec les livres que j'avais déjà lus. Et les livres disparaissaient. Je me suis dit un jour que je devrais me poster en face de l'arrêt du bus pour voir qui prenait les livres, qui s'intéressait à ces livres mais je ne l'ai jamais fait.

En tout cas grâce à ça je ne suis pas submergée de livres et chaque fois que j'en achète d'autres je trouve toujours de la place dans mon appartement à Paris pour les poser quelque part.

À Londres on a mangé, bu, moi j'ai parlé sans arrêt, on s'est embrassées, on s'est aimées. Oui, on s'aimait, on s'aimait déjà depuis longtemps, on s'aimait déjà avant de se connaître, on s'aimait dès qu'on s'est mises à s'écrire et peut-être qu'il aurait fallu continuer à s'aimer comme ça. Oui, à ce moment-là on s'aimait follement.

On s'aimait par e-mails, par SMS, par Facebook. Elle m'envoyait des chansons grecques ou pas, des poèmes grecs ou pas, parfois même anglais ou français ou n'importe. J'écoutais les chansons. Je lisais les poèmes. Mon cœur battait. La vie recommençait.

Plus maintenant. Maintenant c'était comme une fin de vie.

On ne respirait plus.

Heureusement il y avait la chienne.

C'est plus tard qu'elle m'a frappée, à New York, dans l'appartement que j'avais loué et dont elle avait fait une maison pour moi. Une maison avec tout ce qu'il fallait dedans, même du sucre en morceaux.

C'est plus tard que je me suis promenée avec un œil au beurre noir.

Plus tard qu'elle m'a enfoncé le bord de la table dans l'estomac.

Elle souffrait tellement et était tellement en rage qu'elle m'a enfoncé le côté de la table au moins une quinzaine de fois. Je n'ai pas compté mais il me semble que c'était au moins quinze fois, juste un peu avant de m'envoyer chercher des cigarettes. Je me laissais faire et non je n'ai pas compté. Je commençais à comprendre qu'il fallait juste attendre que ça s'arrête. Elle souffrait, était tellement blessée qu'elle n'arrivait pas à arrêter. Sa blessure je ne l'ai comprise que plus tard, bien plus tard. Trop tard. Je voyais juste la rage et ses petits yeux très noirs. Sans pupille ou le contraire.

Je ne sentais rien mais je me disais il faut que je me défende.

Alors quand elle m'a frappée, je me suis dit il faut que je la frappe aussi, mais c'étaient des faux coups. Je ne savais pas comment m'y prendre mais je m'y prenais. Je me disais frappe aussi. Il faut que tu le fasses. Je l'ai fait. Je ne sais pas si je le regrette et je ne sais pas non plus pourquoi je me suis dit frappe aussi.

Quand elle m'a frappée dans l'œil, elle a voulu me soigner.

Je n'ai pas voulu.

Elle est arrivée avec une serviette mouillée. Je n'en ai pas voulu.

Sa rage est revenue et j'avais un peu peur. Je tenais mes avant-bras contre mon corps les poings serrés comme j'avais vu dans des matches de boxe.

Le jour précédent ou un autre, elle m'avait dit tu ne sortiras pas de cette chambre avant que tu me répondes. À quoi je ne sais plus. Moi je m'obstinais dans mon mutisme et la seule chose que je me disais, si je dois faire pipi qu'est-ce qui va arriver.

Elle était appuyée contre la porte et me regardait. Le visage fermé.

J'avais l'impression qu'elle allait rester appuyée contre cette porte pour toujours.

Puis après elle m'a dit que ce n'était qu'une manière de parler.

C'était quelques jours avant qu'elle ne me frappe.

Je lui avais dit tu me tapes sur les nerfs, pour une histoire d'ouverture ou de fermeture d'ordinateur qu'elle n'avait pas supportée. Donc, je lui avais dit ça. C'était pas gentil et elle n'avait pas supporté et je la comprends. Alors il y a eu les coups, la douleur, la sienne, la blessure grande ouverte. Les coups finalement ils n'étaient pas si violents.

Avant ça ma sœur avait loué une maison près de Mexico où ma mère respirerait mieux grâce à la basse altitude. Bien sûr elle ne voulait pas de C. Mais elle voulait que je vienne. J'ai dit je ne peux pas.

Tu peux quand même dire qu'il faut que tu sois près de ta mère. Je ne peux pas.

Ma sœur a dit je vais appeler pour dire que ta mère a besoin de toi. Non, ne le fais pas.

Ça allait tellement mal que je n'osais plus rien et je me disais il vaut mieux que je reste.

Mais j'avais envie d'y aller. J'avais envie d'y aller pour être loin de C. et respirer mais je n'arrivais pas à lui dire ça. J'avais envie d'aller voir ma mère et ma sœur.

Alors je m'en voulais et à C. aussi.

Le jour de Noël je me suis dit je vais faire un effort, je vais ramener un sapin. J'ai ramassé un sapin qui traînait dans la rue et je suis remontée. Mais on ne savait pas où ni comment le mettre alors elle est sortie et a ramené quelque chose dans quoi on pouvait mettre le sapin et des petites lampes de toutes les couleurs. C'était pire que tout ces petites lampes dans le silence.

Et tout ça a mal fini.

Deux jours après je l'ai laissée là avec la chienne, le sapin et les lampes, là dans l'appartement tout sombre. C'est mon ami de New York qui est venu me chercher. J'avais réussi à faire ma valise derrière son dos.

Enfin, si elle avait vu elle n'avait pas réagi. Mais je ne crois pas qu'elle avait vu parce qu'elle restait sans bouger dans la chambre et mes affaires étaient dans le petit bureau où je n'ai jamais travaillé.

Dans le taxi qui roulait à toute allure on s'est cognés mon ami et moi. Je lui ai dit je te remercie. Il m'a dit il ne faut pas puis il m'a dit, elle ne va pas se tuer au moins.

J'ai eu peur, j'ai réfléchi, j'ai dit non. À cause de la chienne. Elle aime trop sa chienne et sa chienne l'aime trop.

Tout de suite je suis partie rejoindre ma mère et ma sœur. Dans la maison louée. Ça, c'était après les coups, et tout de suite ma mère a vu quelque chose. Elle m'a dit ton visage a l'air déformé mais je n'en suis pas sûre parce que je vois trouble. J'ai dit ça doit être vrai.

Ma sœur me regardait avec pitié et mon beau-frère a dit ça va passer.

Tout d'un coup C. existait pour ma sœur à cause de sa pitié pour moi.

Et elle me disait mais comment c'est possible. Je haussais les épaules et je disais il y a eu de bons moments. Des moments où je me suis sentie vivre.

Des moments où j'ai pensé que tout allait se résoudre et même mon tissu pourri.

Ma sœur m'a dit avec force ton tissu n'est pas pourri, tu es fragile c'est tout.

D'ailleurs à Milan quelqu'un a lu dans les lignes de ma main et m'a dit qu'il fallait que je m'occupe de toi. Vraiment ? J'étais stupéfaite. Il a vraiment dit ça ? Oui. D'ailleurs je suis souvent inquiète pour toi. Tu dois faire attention. Mais je fais attention et je prends tous les jours mes médicaments. Non tu ne fais pas assez attention et j'ai peur. Tu cours à droite à gauche, tu prends trop d'avions et tu sais bien que le décalage est mauvais pour toi. Tu ferais mieux de rester tranquille. Et puis de moins t'en faire. Tu t'en fais trop. Mais non. Mais si, je le vois bien. Toi aussi tu t'en fais. Oui, parfois mais pas comme toi. Toi quand tu t'en fais cela devient vite grave et dangereux pour toi. Et je ne suis pas souvent là et puis quand je te dis quelque chose tu n'écoutes pas. Tu dis c'est rien, ça va passer. Ça passe, c'est vrai. Jusqu'à maintenant c'est toujours passé. Mais qui sait.

Je me suis intéressée à ta maladie et souvent des gens se jettent par la fenêtre à cause de cette maladie. Pas moi. Non, jusqu'à présent. Mais tu es trop souvent malade, je n'en peux plus.

Moi non plus mais je sais que ça passe et je me dis ça tous les jours. C'est comme ça. Je l'ai et je n'y peux rien.

Mais ça ne devrait pas être comme ça.

Mais ce n'est pas de ma faute.

Non pas vraiment mais tu ne te protèges pas assez. Regarde-toi maintenant avec ton œil au beurre noir. Tu ne la verras plus j'espère. Je ne comprends pas comment tu en es arrivée là.

Moi non plus.

Je t'avais dit que je ne l'aimais pas. Mon beau-frère dit laisse-la tranquille, c'est ta sœur. Justement, dit ma sœur.

Tu ne l'aimais pas je sais, mais elle voulait m'aider à sortir de ma maladie et elle a même dit un jour, je t'ai fait une maison, mais je ne l'avais pas remarqué. Et puis elle était née avant terme et sa mère est morte quand elle était petite. Et alors ? Alors je ne sais pas. On s'est beaucoup parlé. Oui, tu parles à n'importe qui, après on te frappe.

Mais c'est la première fois. On ne m'a jamais frappée avant.

Oui mais on t'a fait du mal. Qui ça ? Ces filles, elles t'ont fait du mal. Mais non. Pas toutes. Pas toutes mais souvent, elle dit.

Non pas si souvent. Pourquoi tu dis ça ?

J'ai raconté à ma sœur que j'avais dit tu me tapes sur les nerfs. Elle a dit, c'est pas une raison pour frapper et puis regarde-toi, il faut te faire couper les cheveux, ils n'ont plus de forme, plus du tout. Ici, il y a de bons coiffeurs.

Ma mère avait entendu. Elle avait dit vas-y. Ça te changera les idées.

Non, j'ai dit à ma sœur sans que ma mère puisse entendre. On verra encore plus mon œil au beurre noir avec des cheveux coupés.

Je vais t'acheter de très grandes lunettes de soleil pour cacher mais ton nez de travers on ne peut pas le cacher. Elle a dû taper très fort. Mais non. Et puis j'ai mis mes poings devant mon visage et je me suis dit je vais frapper aussi. Toi frapper, ça m'étonnerait.

Elle m'avait peut-être frappée fort mais je n'avais rien senti.

Ce jour-là, je n'avais vu que sa rage. Maintenant je sens aussi sa douleur.

Elle m'avait envoyée acheter des cigarettes. J'avais mon portable avec moi et derrière son dos j'ai appelé H. mon meilleur ami. Oui il a dit, j'arrive.

Quand je suis revenue je lui ai jeté les cigarettes au visage, j'avais vu ça dans des films. Alors je l'ai fait. Mais c'était faux. Elle le savait et n'a rien dit.

H. est arrivé très vite. Il était blême. C. était blême. J'étais blême.

H. a dit quelques mots à C. d'une voix très douce. Je ne sais plus quoi.

Il a pris ma valise et on est sortis. Elle pas. Ni la chienne.

Quelques jours après C. est rentrée avec sa chienne à Londres. Dans la troisième zone dans un grenier, ça je l'ai appris après.

Quelqu'un l'avait accueillie là. Elle avait laissé des caisses dans l'appartement de Harlem. Dans ces caisses il y avait toutes ses affaires, sauf celles qu'elle avait laissées à Paris pour une autre fois. Il fallait que je m'en occupe. Il fallait que je les renvoie en Angleterre. Elle m'avait envoyé un mail avec l'adresse. Je n'avais jamais entendu parler de cet endroit.

Dans la maison louée par ma sœur on a passé le jour de l'An. On buvait du champagne. Il y avait une piscine mais ma mère la regardait de loin.

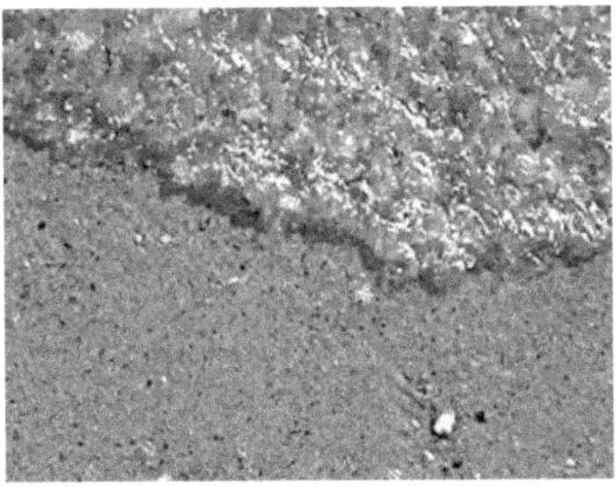

Elle se sentait trop faible et il y avait encore l'infirmière. Elle m'a demandé comment c'était New York. Bien, j'ai dit.

Ça doit être bien et je suis contente que tu donnes des cours dans une université, toi qui n'as jamais fait d'études. Tu n'es pas contente ? Je ne sais pas. Tu vas continuer quand même ?

Je ne sais pas. Tu ne sais pas ? Tu ne sais pas. Tu ne sais rien.

Et tes élèves, et ton appartement, comment il est ? Bien.

Avec un long couloir. Tu aimes les longs couloirs, tu les mets toujours dans tes films. Oui et au bout du couloir deux chambres, l'une plus petite que l'autre. Du côté gauche deux portes, l'une donnant sur la cuisine, l'autre sur la salle de bains peinte en bleu clair avec une fenêtre.

Dans la cuisine, il y a tout.

Un frigidaire.

Une cuisinière à gaz avec un four.

Un four à micro-ondes.

Un grand évier. Une machine à laver la vaisselle.

Une machine à laver le linge.

De l'autre côté du couloir deux autres entrées sans portes.

En face de la cuisine une salle à manger.

Avec une table noire. Six chaises noires. Un buffet noir.

Ma mère a dit c'est bien d'avoir une machine à laver le linge et un four à micro-ondes. Oui. C'est bien. Mais pourquoi tous les meubles sont noirs ?

Et tu as une femme de ménage au moins? De temps en temps, mais elle parle espagnol. Il faut que tu aies une femme de ménage au moins une fois par semaine. Surtout toi. Oui.

Au début j'étais dans un état second, ou premier peut-être. J'étais prête à tout, à donner et même à recevoir. Après elle a continué à donner mais je ne le voyais plus sauf par intermittence.

Moi je ne voulais plus rien donner, à peine un moche canapé, le moins cher dans la rue. Stingy, avare, elle m'a écrit des mois après. Oui et non. Oui sans doute, ma seule défense.

Je me dis ça maintenant. Je me trouve des excuses.

Mais je faisais la guerre, la guerre sournoise, la guerre froide. J'aurais pas dû.

Même maintenant je n'arrive pas à imaginer ce que j'aurais dû ou pu. Si c'était à recommencer je ferais sans doute pareil mais autrement.

Le canapé dans la rue j'étais passée plusieurs fois devant. Il était là posé sur le trottoir devant la vitrine. Je l'ai même essayé. Il me plaisait, il me plaisait de plus en plus chaque fois que je passais devant.

J'ai fini par dire viens voir ce canapé. J'ai dit le magasin est affreux avec des meubles affreux mais ce canapé a quelque chose, je ne sais quoi mais il n'est pas mal, tu ne trouves pas.

Ses petits yeux bruns allaient dans tous les sens, ils ont fini par se poser sur ce canapé. Oui, elle trouvait aussi qu'il n'était pas mal après tout.

On l'a acheté.

Il a été livré.

On l'a placé dans la pièce vide.

On était contentes.

On l'aimait à deux ce canapé.

Puis elle a commandé un tas de choses.

On l'a entouré de ce tas de choses pour qu'il se voie moins sans doute.

Au supermarché, là où on l'avait prise pour ma fille, on n'a pas trouvé de sucre en morceaux. Et moi je ne pouvais boire mon café qu'avec un sucre en morceau. Je le mettais entre mes dents et puis buvais le café comme ça. Je crois que mes trois tantes devaient faire comme ça aussi dans leur temps.

Un jour on a sonné, c'était un jour où j'entendais.

Je me suis levée, je suis allée ouvrir.

Il y avait un coursier avec un petit paquet.

Je l'ai ouvert avec une sorte de faux enthousiasme.

C'était du sucre en morceaux.

Il y en avait encore quand je suis revenue et qu'elle n'était déjà plus là et j'étais bien contente. J'aime boire le café avec un sucre en morceau sur la langue ou entre les dents.

C'est comme ça que je bois le café. Je n'aime pas mettre du sucre dans le café.

Il y avait aussi des noix enrobées de chocolat, de la poudre pour faire du chocolat chaud, elle aimait tout ce qui était sucré.

Et aujourd'hui à Paris j'ai vu les desserts Danone au riz au lait et les fromages grecs. J'ai failli en acheter.

Tout ça je lui achetais avant et aussi les flans au caramel, on se les passait de bouche en bouche.

Au début c'était un cataclysme avec de la brûlure et de l'exaltation.

Des mots, toujours les mêmes sans cesse répétés, j'ai fait connaissance avec les mots d'amour d'une langue ancienne.

J'ai tant parlé. J'aurais pas dû.

Oui, je revivais.

J'arrêtais de voir ma mère mourir.

J'arrêtais de ne pas vivre.

Il y avait de la vie en moi.

Toute une vie.

Une pleine vie.

Ma mère soupire. C'est le matin que je vais mal, le plus mal. Après je me dérouille un peu, tu ne trouves pas ? Elle tient ses yeux fermés pendant le petit déjeuner tropical. Les ouvre quand je parle. Dès que j'arrête elle les referme. Dis quelque chose. Tu as bien quelque chose à dire.

Mais quoi ? Ce que tu veux, ce que tu fais, dis. N'importe quoi.

Oui. Je vais essayer. Mais rien absolument rien ne passe par ma tête. Qu'est-ce que tu veux que je te dise. Tout m'intéresse.

Parle-moi de ton école à New York. Ah, non, surtout pas. Il n'y a rien à dire. J'enseigne trois heures par semaine, c'est tout. J'ai quatorze élèves, c'est tout.

Ils viennent de tous les pays du monde. C'est tout.

Je cherchais longtemps quelque chose à dire sur cette année écoulée et qui avait été horrible. Enfin presque tout le temps. Avec des cris, des silences qui n'en finissaient pas, des coups, des insomnies, des diarrhées, des souris, des exterminateurs, des chutes, des pieds tordus, des genoux blessés, des sueurs froides, des sueurs chaudes. Je n'allais quand même pas raconter tout ça. Ni le reste.

Le café au lit. Les pâtes au lit. Le thé à la camomille. Les baisers à peine échangés. Même pas le froid ni le chaud ni ce drôle de climat. Ni le matin avec la chienne. D'ailleurs ma mère n'aimait que les petits chiens, elle n'aurait pas aimé la chienne de C. Elle n'aurait pas eu pitié d'elle quand il faisait froid et il faisait froid à New York et la chienne aboyait.

Oui il faisait froid le matin le long de FDR drive et le long de la rivière.

Le vent soufflait à des centaines de kilomètres heure, peut-être moins mais très fort.

La chienne tremblait. Nous aussi.

Elle aboyait quand elle voyait un autre chien. Pourquoi.

La peur sans doute. Rien à faire pour l'arrêter.

Le soir souvent on n'allait même pas jusqu'à la rivière. On allait sur le terre-plein qui divise Broadway, c'était moins loin. Mais les voitures passaient des deux côtés et il y avait des pauvres gens assis là pour des heures. On faisait les cent pas avec elle jusqu'à ce qu'enfin elle s'assoie avec dignité et laisse échapper un filet. Alors vite, on remontait.

Parfois c'était long, il lui fallait un temps fou. On avait envie de la presser mais elle gardait son rythme, elle s'asseyait quand c'était le moment, son moment. Il lui fallait beaucoup d'allers-retours sur cette petite bande de terre, avec des bancs et les pauvres gens assis là.

Parfois il n'y avait rien à faire elle ne voulait pas s'asseoir.

C'est ton moment on lui disait, après on ne redescendra plus, mais elle s'en foutait.

Et si au loin elle apercevait quelqu'un, un chien, elle aboyait. Arrête. Mais elle aboyait. Parfois cela m'ennuyait, parfois je laissais faire. Je me disais elle a besoin d'aboyer.

Surtout depuis qu'on la muselait chaque fois qu'on quittait l'appartement. Et c'était un crève-cœur que de la museler. Mais le voisin asiatique ne laissait rien passer. Il devait être sur les nerfs avec son nouveau-né et sa femme déprimée. Au bout de quelques semaines je l'ai vu dans la rue et je lui ai demandé si tout allait bien maintenant. Oui, il n'entendait plus le chien mais il y avait eu de l'eau dans le plafond de sa salle de bains, j'avais dû oublier et laisser l'eau du bain déborder. Je lui ai dit que non. Mais c'était vrai.

Au bout de quelques semaines on a décidé de ne plus la museler, on s'est dit elle a dû s'habituer à son nouvel environnement. Alors on quittait l'appartement, refermait la porte et nous écoutions pendant un long moment. Mais rien. Elle faisait quelques pas, puis devait aller s'étendre sur le lit. On était soulagées. Déjà un problème de réglé.

Heureusement pour elle on ne sortait pas beaucoup et pas longtemps. On allait jusqu'au supermarché ou au restaurant mexicain du coin où il n'y avait que nous et une énorme télé qui faisait un bruit fou et nous pouvions parler de ça, de ce bruit qui était insupportable. J'ai même essayé de parler à la serveuse qui ne parlait pas un mot d'anglais. Alors j'ai bouché mes oreilles pour lui expliquer, j'ai tourné deux doigts pour lui indiquer de baisser le son, elle baissait un peu, trop peu. Parfois il y avait un homme fatigué qui buvait des bières au comptoir, il avait sans doute besoin du bruit. Sans doute cela lui plaisait. Puis du jour au lendemain le restaurant a fermé.

C'est dommage. J'aimais ce restaurant, c'était le restaurant du coin. J'ai toujours aimé le restaurant du coin, à Paris, à Bruxelles, à Harlem, toujours.

À Mexico il n'y avait pas de restaurant du coin ni de marchand de cigarettes ou de journaux. Tout était loin. Il fallait aller en voiture et je n'ai jamais réussi à conduire. Je disais à C. tu vas apprendre et on roulera dans toute l'Amérique. Elle était d'accord mais elle n'a jamais appris.

À côté du restaurant du coin il y avait un infâme bouiboui où j'achetais les cigarettes, je marchandais le prix, quelqu'un m'avait dit qu'il fallait le faire alors je le faisais et le prix baissait de plus en plus.

Les cigarettes étaient cachées quelque part et le patron envoyait son neveu les chercher. Il criait Elias. Yellow c'était le nom de mes cigarettes. Le patron faisait mille mimiques pour nous faire comprendre que ces cigarettes n'étaient pas disons, selon la loi, elles étaient hors la loi. Je me demande bien où il pouvait les trouver mais ça restait un mystère.

Bien sûr dans ce bouiboui la chienne ne pouvait pas entrer alors je la laissais devant le magasin avec sa laisse qui tirait mon bras. Après j'ai vu un chien dans le bouiboui alors j'ai laissé entrer la chienne aussi et le patron qui avait accroché des sourates à gauche sur une plaque de bois ne disait rien. Pourtant je savais que pour les gens à sourates la chienne était impure.

Non, il n'y avait rien à dire à une mère.

Je cherchais mais je ne trouvais pas. Alors j'ai dit je n'aime plus New York même avec son ciel bleu l'hiver. Tu n'aimes plus New York, mais tu as toujours adoré New York. Plus maintenant, New York a changé ou moi. Peut-être que je ne suis plus faite pour New York. Ma mère dit moi je n'y ai été qu'une fois, on est arrivés là en voiture du Canada. Avec papa et ton oncle et ta tante.

Quand on est passés par Harlem ton oncle a fermé les vitres. Il a dit c'est très dangereux pour les Blancs. Et toi maintenant tu es là. Ce n'est plus comme avant maman, ce n'est plus dangereux du tout. Et quand j'arrive avec mes bagages il y a toujours quelqu'un de l'immeuble qui m'aide et parfois il ou elle dit, c'est pour Dieu que je le fais. Je souris et je dis, en attendant vous le faites pour moi aussi.

Ils sont si croyants que ça ? Je ne sais pas mais j'ai l'impression que dans mon immeuble ils le sont.

Moi je ne suis pas vraiment croyante mais un peu quand même. Je sens qu'il y a quelque chose là-haut dans le ciel mais je ne sais pas quoi. Parfois je me demande. Et toi ? Moi non. J'aimerais bien pourtant être croyante.

Peut-être que je me sentirais en paix.

Oui, mon père se sentait en paix, il était terriblement croyant. Il était magnifique et très doux, sans doute à cause de sa croyance, mais il a quand même disparu avec les autres.

C'est tellement dommage et surtout triste. J'aurais aimé que tu les connaisses tous les deux. Ils étaient très différents mais ils s'entendaient quand même, ça avait été un mariage arrangé mais ils s'entendaient, on ne pouvait pas mieux s'entendre. Enfin, ils ont eu au moins ça, ces années d'entente avant de disparaître.

Lui avait une voix magnifique et elle des mains de fée et tu aurais dû voir comme elle peignait. Au fond tous les deux étaient des artistes et tu as de qui tenir.

Après, je suis rentrée un petit temps à Paris et à Bruxelles. Avec mon œil au beurre noir et mes lunettes de soleil.

Sans fond de teint parce que je le mettais de travers.

J'ai bien vu qu'on me regardait à la frontière.

Alors j'ai caché mon nez avec un doigt.

Je suis rentrée chez moi, dans mon appartement, avec dans le salon, le tapis, le faux tapis d'Orient que j'avais acheté au marchand comme si c'était un vrai tapis d'Orient et je l'avais payé très cher pour un faux tapis d'Orient mais ça m'était égal, je voulais ce tapis et puis c'est tout.

Et je suis toujours contente d'avoir acheté ce tapis et d'ailleurs il est beau même faux. Je le regarde et je me dis j'aime ce tapis. C'est très rare que je m'achète quelque chose alors pour une fois que ça m'arrive je suis contente, même faux.

Je me sentais seule à Paris. Personne n'écoutait, ne me scrutait.

Je me sentais seule mais bien.

Personne ne me demandait pourquoi tu ne dors pas.

Personne n'écoutait mes conversations téléphoniques.

Personne ne me scrutait ni même me regardait.

Je me disais quand même il faut que je me souvienne que parfois on a été heureuses. Et que ça compte.

Et que parfois la lumière passait à travers les murs.

Je me demande comment, mais elle passait et ça faisait du bien.

Je lui ai dit trois fois je suis heureuse avec toi. Une fois dans une petite chambre au rez-de-chaussée dans une île en Grèce. L'autre fois je ne sais plus mais je sais que c'est arrivé et la troisième fois sur la terrasse du restaurant mexicain à Harlem où on a bu toutes les deux des cocktails. Après j'ai été malade mais cela ne faisait rien. C'était le jour où elle était arrivée, à peu près. Il faisait chaud. On nous laissait fumer sur cette terrasse, personne ne regardait, personne ne nous faisait des remarques, oui on était bien.

Après cela n'a plus été comme ça et je suis allée acheter les plus vilains meubles de Broadway et ce n'était pas un hasard.

Je t'ai fait une maison, un jour elle a dit et c'était vrai et je ne l'avais même pas remarqué.

Oui, tous ces coursiers qui sonnaient sans arrêt amenaient des choses pour me faire une maison et quand on sonnait je disais, encore.

Elle saignait. Je ne savais pas. Je ne voyais rien. Plus même son beau visage sombre et tragique maintenant. Plus même ses yeux dont la pupille devenait invisible. Plus rien. Je ne me tournais même plus vers elle. Non, même pas ça.

Je suis allée à Bruxelles pour du travail et je suis restée dans le grand appartement vide de ma mère.

Personne ne gémissait. Personne n'était à l'hôpital. Personne ne faisait de liste. Il n'y avait pas d'aide familiale. Il n'y avait que moi et je regardais la télévision. Il faisait très froid mais les enfants du rez-de-chaussée jouaient quand même dans le jardin.

Je me suis dit il ne faut pas que je fasse du désordre. Un jour elle reviendra. Elle verra tout de suite le désordre.

Je n'en ai pas mis et en partant j'ai bien fermé la porte à clé.

Il fallait tourner la clé quatre fois dans la serrure et je l'ai fait.

Avant c'était pas comme ça, une fois suffisait mais après le vol où tous les bijoux que mon père avait offerts à ma mère avaient disparu, on a dû mettre des portes blindées. Et il fallait tourner quatre fois la clé dans la serrure pour que l'assurance veuille bien rembourser s'il arrivait encore quelque chose.

Tout le monde disait Bruxelles n'est plus comme avant, il y a des meurtres, des vols, des gens attaqués dans la rue, alors il faut une porte blindée. J'ai tout fait comme il fallait et je n'ai fait de mal à personne. Même en cherchant bien je ne vois pas quel mal j'aurais pu faire. De toute façon j'étais toute seule et j'avais déjà fait assez de mal. Ça suffisait comme ça et c'était pour toujours.

À Harlem, il m'arrivait souvent de ne pas fermer la porte à clé et rien n'est jamais arrivé.

Puis j'ai pris l'avion une fois de plus. Mon œil était moins noir et mon nez plus droit.

Quand je suis revenue à Harlem exténuée avec trop de bagages ayant laissé tomber quelque part dans la rue les clés de ma mère, on m'avait dit surtout ne les perds pas, j'avais répondu c'est quand on me dit ne les perds pas que je les perds et voilà, elles étaient perdues. Quand je suis rentrée laissant tomber mes bagages dans le couloir encore allumé, j'ai vu d'abord le tas de caisses et le sac de C. qu'on allait bientôt venir chercher et puis je suis entrée dans la cuisine et là une petite lumière rouge était allumée dans la boîte à attrape-souris. On avait déjà fait tant de choses contre ces souris. Un homme était même venu avec un rouleau de fil métallique orange. Il nous avait dit simplement elles vont le dévorer et mourir. J'avais eu un haut-le-cœur, était-ce vraiment comme ça qu'il fallait faire. Lui était habitué, cela ne lui faisait plus rien, on avait même bouché quelques trous et il y en avait encore.

Je me suis dit bon on verra demain, et le lendemain j'ai pris la boîte et j'ai glissé la souris morte et desséchée dans un sac en plastique et suis allée la jeter.

Les caisses je vais m'en occuper demain.

Et le lendemain les caisses sont parties.

Il n'y en avait pas tant que ça mais ça faisait vide sans caisses.

Je me suis dit c'est mieux le vide.

Même s'il n'y en avait pas tant elles avaient une présence très forte.

J'aime ce silence, moi qui avais tant parlé au début. J'aime ce silence et personne n'est là pour me le reprocher.

Au début je parlais. Un flot incessant de paroles.

Je disais tout et rien et vite, je devais raconter toutes ces années qui nous séparaient. Je n'aurais sans doute pas dû. Mais ça je me le suis dit plus tard, bien plus tard, quand tout se désagrégeait à cause de toutes ces années et de tous ces anciens liens, de toutes ces anciennes histoires qui ne finiraient jamais.

Je parlais vite. Elle ne disait rien. Elle écoutait avec une attention terrible.

Personne ne m'avait jamais écoutée comme ça.

Plus tard, bien plus tard, j'ai appris, je l'ai écoutée me raconter qu'elle était née avant terme, enfin trop petite avec ses deux kilos juste après sa sœur jumelle. On l'avait mise en couveuse et son père avait remarqué ses petits yeux bruns qui allaient partout, qui regardaient partout, des yeux qui promettaient. Le père l'aimait déjà, il n'a jamais cessé de l'aimer, la mère a cessé quand tout a cessé.

Ils avaient trois petites filles. Le père et la mère ont tout fait pour leurs trois petites filles je crois. Surtout la mère qui voulait une autre vie que la sienne pour ses filles. Alors ses filles devaient étudier et plus, toujours plus. Elle était sévère et respectée il me semble. Je ne l'ai pas connue ni le père d'ailleurs ni les sœurs. Je crois que j'ai vu la belle-mère sur Skype, oui j'en suis sûre, une belle-mère de mon âge pleine de vitalité. C'est tout ce dont je me souviens de cette belle-mère-là. L'autre belle-mère, c'était celle de ma sœur et je me souviens très bien d'elle. Elle est morte trop jeune aussi comme la mère de C. Mais la mère de C. est morte bien plus jeune encore. Si jeune qu'elle n'a pas vu grandir ses trois petites filles dans lesquelles elle avait mis tant d'espoir et surtout d'avoir une autre vie que la sienne, elle n'a pas vu ce qu'elles sont devenues après sa mort. Elle n'a pas su si elles avaient souffert ni comment après elles s'étaient débrouillées, bien ou mal. Elle n'a jamais su que C. avait fait une thèse et qu'elle écrivait et qu'elle jouait aussi du saxophone. Sa mère était morte pour toujours et ce n'est pas juste bien sûr de mourir si jeune parce qu'on est une femme d'une maladie de femme. Ni pour aucune autre raison. Mais il n'y a rien à faire, elle est morte. Bien sûr on meurt un peu tous les jours mais quand même, la mort définitive avec aucun jour qui reste à mourir un peu quand on est si jeune, ce n'est pas juste. Surtout quand on a un mari et trois petites filles mais même si on ne les avait pas ce ne serait pas juste, surtout quand on ne l'a pas décidé et même quand on l'a décidé, c'est que la vie où l'on meurt un peu tous les jours était invivable et c'est terrible, comme pour le frère de L. que j'ai tant aimé. C'était comme mon petit frère même s'il faisait presque deux mètres de long.

Pour lui la vie était devenue invivable. Pourtant il avait tout pour lui et deux sœurs. Et il écrivait, jusqu'à la fin il a écrit. Quand il a commencé à écrire il m'a fait lire et j'ai dit tu es écrivain. Un vrai. Mais il a écrit et réécrit un beau livre. Après c'était fini.

Il vivait un enfer et ne pouvait plus attendre. Mais je n'ai pas envie de parler de ça. C'est arrivé il y a longtemps mais c'est comme si c'était hier et nous avons eu de bons moments. On prenait des cocktails sur les terrasses de café. On parlait de tout et du film qu'on venait de voir ensemble.

Cette mort-là a été terrible pour tout le monde qui le connaissait, et mon père qui vivait encore a dit à sa sœur qu'il est bien maintenant, il est tranquille, c'est toi et ta sœur et tes parents et tous les gens qui l'aiment qui vont souffrir, et c'était vrai mais cela n'a pas vraiment été une

consolation. Et à l'enterrement il y avait beaucoup de jeunes et c'était terrible tous ces jeunes parce que cela rappelait que lui aussi était jeune, et même s'il y avait du soleil ce jour-là c'était encore pire. Un soleil jeune pas de saison, comme cette mort-là.

L. est tombée à l'aéroport quand elle a appris qu'il n'y avait plus rien à faire pour son frère et qu'il était bien mort. C'est sa sœur qui d'un signe de tête qui faisait non l'a fait tomber. Elle a compris par ce signe qu'il n'y avait plus rien à faire. Un ami était là avec nous, un ami que je ne vois plus malheureusement, malheureusement parce que cet ami je l'aime toujours mais lui pas sans doute, sinon on se verrait encore.

C'est lui qui nous a conduites à l'aéroport Charles-de-Gaulle et moi plus tard à Bruxelles, à la mort de mon père. À ce moment-là il était encore mon ami, un ami que j'appelais intérieurement mon frère, mon grand frère parce qu'on avait tant de choses en commun.

On les a toujours mais il ne veut plus ou ne peut plus être mon ami, en tout cas il ne peut plus être proche et cela me fait mal au cœur quand j'y pense, heureusement je n'y pense pas souvent sinon j'aurais tout le temps mal au cœur et j'ai déjà assez souvent mal au cœur comme ça et j'en ai assez parfois d'avoir si souvent mal au cœur alors j'évite de penser à plein de choses mais cela ne sert à rien parce que j'ai quand même mal au cœur alors je me couche et je dors, je dors énormément dans ma vie.

Je dors presque tout le temps par moments mais ce n'est pas grave parce que j'aime beaucoup mon lit, surtout celui de Paris et aussi celui de Bruxelles, celui de New York un peu moins parce qu'il est trop mou et qu'il me donne mal au dos, mais heureusement maintenant un de mes élèves m'a fait couper une planche en bois aux mesures de mon matelas parce qu'après le départ de C. j'ai passé tant de temps dans le lit et j'avais tellement mal au dos qu'un jour j'ai enlevé le cadre du lit et j'ai posé le matelas sur le sol, après j'avais moins mal au dos mais le matelas était si près du sol que se lever me devenait pénible pour une raison que je comprends sans comprendre et le cadre du lit m'empêchait de passer autour du matelas, enfin je pouvais passer mais je devais faire très attention parce que je me cognais tout le temps aux pieds du cadre et je me faisais mal. Un jour M. est venue, M. je l'avais retrouvée, enfin. Et on a retrouvé notre intimité. C'est comme si on ne s'était jamais quittées.

Elle a posé le cadre du lit de l'autre côté alors je ne me cognais plus et je me suis demandé pourquoi je n'y avais pas pensé moi-même et je me suis dit bien sûr c'est le genre de choses auxquelles je ne pense pas parce que je n'ai pas l'esprit pratique, sauf parfois.

Il m'est même arrivé un jour quand j'étais dans une chambre d'hôtel sinistre au bord de la mer en France avec une amie et que toutes les deux on n'arrivait pas à dormir parce que la chasse n'arrêtait pas de couler, il m'est arrivé d'aller ouvrir le dessus du cabinet de toilette. J'ai mis une serviette-éponge quelque part à l'intérieur et Dieu merci on a pu dormir après, et mon amie n'en revenait pas et elle se souvenait toujours de ça et de combien j'avais eu l'esprit pratique pour une fois. Et quand on avait envie de rire on se re-racontait cette histoire-là, et on riait et on disait oui quel esprit pratique. Maintenant on ne rit plus ensemble parce qu'on est fâchées l'une sur l'autre et c'est comme ça. On aurait pu se fâcher depuis très longtemps surtout moi sur elle, enfin c'est ce que je pense elle doit certainement penser le contraire mais ce n'est plus mon problème maintenant de me mettre à sa place et de penser à ce qu'elle pourrait penser parce que maintenant on est fâchées et c'est pour toujours je pense, en tout cas pour le moment et bizarrement alors que tant de choses me font mal au cœur pas celle-là, c'est que je devais vraiment être fâchée et maintenant qu'on ne se voit plus parce qu'on est fâchées je ne suis plus fâchée, mais ça uniquement parce qu'on ne se voit plus et qu'elle ne me donne plus de nouvelles raisons d'être fâchée. Je l'ai tant aimée et je ne l'aime plus, je l'ai tant aimée, elle m'a sans doute aimée aussi mais dès qu'il y avait quelqu'un d'autre de possible, dès qu'il y avait un homme je veux dire l'amour qu'elle me portait ne comptait plus et je comprenais alors je souffrais en silence mais je comprenais si bien que je ne voulais pas montrer que je souffrais alors je souriais tellement que j'avais mal aux joues. Je faisais comme si tout allait bien et elle aussi. Mais plus rien n'allait bien pour moi en tout cas, alors je partais quelque part ou bien je faisais un tas de choses, comme un film ou autre chose qui m'absorbait et je ne souffrais plus de rien. J'étais tellement absorbée que j'en devenais heureuse et ça c'est vraiment agréable et c'est pas souvent mais quand ça arrive j'ai l'impression de voler, de ne plus avoir les pieds sur terre et tout d'un coup c'est facile d'aller au supermarché.

Mais ce qui était le pire avec mon amie avec qui je suis fâchée c'était que dès que l'homme n'était plus là pour une raison ou une autre elle revenait me voir et tout recommençait et un nouvel homme et tout le reste et mon sourire qui faisait mal aux joues oui, tout recommençait et bien sûr je la comprenais, je comprenais tout très bien et c'est comme cela que ça devait être et tout recommençait et je repartais sur quelque chose et la vie redevenait tellement agréable. Et quand la vie est agréable on ne pense pas que chaque jour c'est mourir un peu, pas du tout. On pense juste que la vie est agréable et que c'est une belle chose la vie et on en profite et alors on ne dort pas tant. On en profite et on vit. On vit de tout et pour un rien on rit.

Maintenant on n'est plus fâchées. Heureusement. Je la connais depuis si longtemps, on a fait les quatre cents coups ensemble et tant d'autres choses, on ne peut pas rester fâchées, mais ce n'est plus vraiment la même chose. Au fond c'est dommage, un e-mail par-ci par-là c'est tout ce qui nous reste. C'est déjà quelque chose et peut-être qu'un jour on se reverra et ce sera comme avant.

J'aurais dû m'en douter en lisant ses e-mails. Déjà, dès le début, avant même que rien ne se soit passé, s'exprimait avec humour une jalousie lumineuse. Je ne voyais que l'humour. Je me trompais.

Moi j'ai toujours caché ma jalousie quand elle me prenait.

Toujours. Et pourtant j'avais des raisons, plein de raisons d'être jalouse et de souffrir mais dans mon temps on ne disait rien.

La plupart du temps on me quittait pour un garçon par exemple puis on me reprenait, puis on me rejetait et j'acceptais tout avec le sourire. C'était stupide et jusqu'à maintenant quand j'y pense je me dis j'aurais pas dû. Pas dû faire comme ça. Mais c'était devenu une seconde nature.

Un jour j'ai même voulu me suicider mais en souriant, surtout en n'oubliant pas de sourire comme si c'était un geste sans conséquence. Heureusement ça l'était puisque j'ai survécu. J'ai survécu à tout jusqu'à présent et j'ai souvent eu envie de me suicider. Mais je me disais je ne peux pas faire ça à ma mère. Après, quand elle ne sera plus là.

Aujourd'hui on sonne, il n'est même pas neuf heures, je somnole encore un peu à cause du décalage, après tout je viens de rentrer et j'ai eu un mal fou à m'endormir.

C'est dimanche. Je me dis c'est peut-être C. mais non, ce ne peut pas être elle. Ce n'est pas comme les autres fois où elle arrivait sans prévenir et sans que je le veuille.

Je suis à peine habillée. J'ai déjà pris mon café, l'eau coule dans le bain. Je ne répondrai pas. On sonne encore, je demande qui c'est, je n'arrive pas à ouvrir la porte, je redemande qui c'est. Une voix de femme répond, l'exterminateur. Je dis tout va bien. Je pense dès demain je vais être envahie de cafards. Tant pis.

Tant pis, elle n'est plus là, c'est moi que ça dérangera et demain c'est loin.

Elle avait quitté l'appartement. Après tout ça. Tout ça, c'est des milliers d'e-mails d'amour échangés, des projets, du rire et des larmes, de plus en plus de larmes.

Je m'étais dit je ne l'aime plus, c'est mieux comme ça et je commençais à avoir peur d'elle. Je lui avais dit je ne t'aime plus, elle m'avait dit ce n'est pas possible. Je l'avais regardée. Puis je m'étais éloignée. Moi si on m'avait dit ça je l'aurais cru. Elle pas.

On sonne encore. J'ouvre. C'était encore un cadeau qui arrivait. C'était vraiment un cadeau en trop. J'ai mis un temps avant de l'ouvrir. Je ne sais plus ce que c'était.

Quand j'avais demandé à ma sœur quel cadeau ce serait bien que je fasse à ma nièce pour son mariage elle m'a dit amène de l'argent. J'en ai amené, je croyais que c'était beaucoup mais j'ai bien compris en le donnant à ma sœur que c'était peu. Je n'ai jamais su faire de cadeaux. Alors je me suis sentie triste et un peu mal à l'aise.

Je n'avais jamais su faire des cadeaux et quand C. m'en faisait c'est à peine si je les voyais ou je faisais semblant de les voir pour lui faire plaisir. Mais au fond je ne les voyais pas.

Je me souvenais, mon père donnait toujours une enveloppe avec de l'argent pour les mariages et c'était moins que moi. Mais c'était il y a si longtemps que c'était peut-être plus, qui sait.

Après son départ quand je suis revenue, je me suis mise à errer dans le quartier.

Le marchand de cigarettes me demandait où était ma fille.

La propriétaire, qu'est-ce qui est arrivé à C. ?

Le concierge, où est C., et le chien ?

Les voisins hispaniques, et C. ?

Quand je n'errais pas dans le quartier je restais couchée. Je prenais des somnifères.

Je n'achetais pas à manger, je finissais les dernières courses, les pâtes, le riz, au début avec de la sauce tomate et puis sans sauce.

Mon nez me faisait encore mal enfin c'est ce que je croyais.

Et je me disais c'est mieux, je ne l'aimais pas, on se faisait du mal. Mais est-ce que je ne l'aimais pas. Est-ce que je l'aimais. Est-ce que je l'aime. Je ne savais pas. Je pensais à elle en tout cas. Surtout par hasard quand je tombais sur quelque chose qu'elle avait acheté ou quand je buvais du café dans un de ses bols.

Oui, et encore maintenant des mois après je suis encore au milieu des quelques affaires qu'elle avait oublié de mettre dans les caisses. Un T-shirt bleu clair. Un rose et ses baskets.

Ses pantalons je les ai portés puis vite je les ai lavés, il ne s'agissait pas qu'en plus de tout je lui abîme ses pantalons. Ils doivent lui manquer.

Un jour, je me souviens, j'ai téléphoné de New York à Bruxelles chez ma mère qui venait de rentrer après tous ces mois au Mexique, elle m'a dit dans un éclat de vie, je revis, je revis. Elle criait presque.

Moi aussi je me suis sentie mieux, je croyais m'être tellement bien préparée à sa mort, préparée à ne rien sentir et quand elle m'a dit ça la lourdeur qui pesait sur mes épaules, dans mon ventre, la lourdeur a disparu.

Je me suis dit vraiment je me raconte des histoires.

Vraiment je n'étais pas prête du tout.

Quand je suis rentrée à Paris il y avait encore un tas de choses que C. avait laissées. Il fallait que je les lui renvoie. Je lui ai envoyé un e-mail que j'étais à Paris, que j'allais m'organiser pour lui renvoyer ce qui restait d'elle chez moi. Il y avait pas mal de choses.

Je me demandais si elle les voulait toutes. Enfin ça n'a pas d'importance, je vais tout emballer.

Elle m'a écrit je les veux toutes. Je les ai laissées là pour les amener petit à petit à New York et pour ne pas trop dépenser à la fois. J'ai aussi laissé certains de mes livres de musique dans ta chambre. Ils sont sur le bord des fenêtres tout à fait à droite si je me souviens bien. Tant mieux je me dis, j'aurais davantage d'air dans l'appartement. Et puis je ne veux plus rien dans ma vie ni à Paris ni à Harlem qui me fasse penser à elle. Sans tout ce qui traîne encore je ne penserai plus jamais à elle et j'irai très bien.

Le peignoir bleu clair je ne sais plus s'il est à elle. Peut-être.

Il ne doit pas être à moi. Alors il est peut-être à elle. Je me sens bien dedans après le bain. Il me va. Je l'aime. Mais s'il est à elle je le lui rendrai. Je rendrai tout. Je plierai tout. Tout parfaitement. Elle sentira que toutes ses affaires ont été rangées et pliées avec soin et même avec un certain amour. Plus le même heureusement.

Quand je lui aurai renvoyé toutes ses affaires je n'aurai plus aucune raison de lui écrire. Ce sera fini. Et c'était écrire que j'aimais.

Cela avait commencé bizarrement et très vite c'est devenu un grand amour mais seulement dans ce bizarrement, pas dans la vie je crois et puis elle et moi aussi, on a détruit. On n'a fait que ça.

Je faisais des caisses, je les descendais du premier au garage pour que ce soit plus pratique. Une amie allait tout lui apporter. Elle en profiterait pour faire un petit voyage à Londres. Elle aime Londres. Moi pas. Surtout pas ces rues où tout est pareil. Surtout pas ces rez-de-chaussée sombres qui donnent sur des jardins affreux où les chiens vont pisser le matin, en tout cas la chienne de C., c'est ce qu'elle faisait et pas que, sans doute. Mais je ne veux pas le savoir.

Maintenant elle est dans un grenier dans la troisième zone alors il faut la descendre.

Mon amie qui aime Londres partira avec les caisses nomades de C. Tout ce qui reste des biens de C. Elle n'a pas grand-chose. Des livres, ceux qui lui avaient servi pour écrire sa thèse, des DVD, des T-shirts, un maillot de bain, celui qu'elle portait l'été où on a été en Grèce et plusieurs paires de baskets. Je ne peux une fois de plus m'empêcher de penser à ses chevilles dans ses baskets. Pour le reste je m'abstiens. Sauf un livre, il s'appelle Le Don, il me donne des frissons. Je me dis, je n'ai pas été capable de donner. Et puis je me rappelle tout le reste. Et que donner, c'était se rendre.

Quand mon amie a été à Londres, elle n'a pas vu C. Seulement l'amie qui l'accueillait. Elle a eu l'impression que C. se cachait quelque part en haut dans le grenier.

Un jour j'ai reçu un e-mail. Elle appelait au secours. Elle était sans papiers, sans argent, sans rien, on lui avait tout volé.

J'ai envoyé de l'argent.

Puis j'ai eu un autre e-mail qui disait qu'elle avait été hackée.

Quand elle a su que je lui avais envoyé l'argent elle m'a écrit quelque chose qui finissait par kiss you. Je t'embrasse.

J'ai longuement réfléchi, je me suis dit je ne vais pas répondre par kiss you sinon tout pourrait recommencer. J'ai dit take care. Prends soin de toi ou quelque chose comme ça.

Elle n'était pas contente. Je ne sais plus dans quelle circonstance elle a aussi écrit, tu seras toujours spéciale pour moi. Je lui ai répondu ne me fais pas pleurer. J'ai aussi beaucoup pleuré, elle m'a dit.

Non, je ne vais pas répondre. Je ne répondrai pas. Je ne répondrai plus.

Oui, à mardi. Je dis ça à ma mère qui cette fois entend très bien.

Tu restes quelques jours ?

Oui jusqu'à vendredi ou samedi matin.

Je me suis réveillée trop tard.

J'ai raté mon train.

Je me retrouve enfin seule.

Puis je sens que j'ai besoin d'être là chez moi et seule. Cela fait longtemps. Je n'ai plus envie de partir.

Je troque avec ma mère ces quatre jours contre une semaine entière la semaine d'après. Elle me dit tu es fatiguée. Oui, je suis fatiguée.

Et la fatigue excuse tout.

Et puis je viens à peine d'arriver. D'arriver chez moi. J'ai un tas de choses à faire. Moi aussi j'ai des choses à faire. Il y a des papiers et des lettres et des paiements. Je comprends, moi aussi j'en ai, je ne peux pas le supporter. Mais notre cousine t'aide, non ?

Elle m'aide heureusement mais je ne peux quand même pas le supporter. Cela me fait peur. J'ai peur de ce genre de choses. Tout ce qui est administratif me fait peur. Je pense moi aussi, mais je dis que veux-tu qu'il t'arrive ? Tout est payé par la banque.

Mais l'hôpital au Mexique a coûté horriblement cher et j'ai droit à un remboursement mais il faut répondre à un tas de questions, et je dis encore, mais notre cousine t'aide. Oui, elle m'aide mais il faut quand même que je reste près d'elle et que je l'aide à répondre à toutes ces questions, elle ne sait pas tout ce qui est arrivé. Non bien sûr mais les questions sont des questions-types et il faut toujours répondre la même chose. D'ailleurs dis la vérité, c'est mieux. Mais je ne me souviens plus.

Je ne sais plus quoi lui dire, moi non plus je ne me souviens plus bien.

Elle me dit c'est comme un trou noir. Je comprends. Je lui dis que je comprends vraiment. Je ne sais même plus combien de fois j'ai dû prendre l'avion pour lui dire au revoir. Il me semble que j'ai passé ma vie dans les avions.

Heureusement quand j'arrivais chez ma sœur, il y avait le chien et le chien tout blanc dormait avec moi et il me calmait. On dit ça des chiens, qu'ils prennent sur eux.

Le chien d'avant s'était fait écraser par une voiture, c'était le chien de ma nièce et elle a beaucoup pleuré. C. avait un tel amour pour sa chienne.

C. l'avait sauvée dès sa naissance, sinon elle n'aurait pas existé.

C. adorait les animaux et serait bien devenue vétérinaire mais sa mère voulait mieux pour elle.

Vétérinaire lui faisait penser à la campagne dont elle s'était échappée et elle ne voulait pas de ça pour sa fille.

Quand j'étais petite je n'aimais pas les chiens mais quand j'ai eu un chien ça a été terrible. Je l'ai aimé follement et quand il est mort j'ai appelé ma mère en hurlant de pleurs.

Je n'avais jamais pleuré comme ça.

C. avait perdu sa mère très jeune. Quand H. lui a demandé ce que cela faisait comme effet de perdre sa mère comme ça, d'une grave maladie, elle a simplement dit no comment.

Ce soir-là ou un autre, vraisemblablement un autre, elle m'a dit tu ne m'abandonneras pas. J'ai dit non jamais.

J'ai pensé à elle, toute jeune sans mère. Comment avait-elle fait, parfois elle m'en a parlé. Pas beaucoup et j'avais peur de lui poser des questions mais je savais que c'était d'une grave maladie et que c'était génétique. Alors je disais on va aller ensemble faire des examens mais on ne l'a jamais fait.

Elle n'a jamais appris à conduire non plus.

Elle n'a pas écrit son livre.

Elle me scrutait au-dessus de ses papiers, c'est pour ça.

Elle était trop occupée.

Elle disait c'est normal d'être un peu jalouse. Un peu. Peut-être mais pas sans raisons.

J'ai mes raisons.

Cela durait des heures. Des heures de déchirement.

J'avais l'impression de m'éteindre. Je ne supportais pas ces heures. J'essayais mais je ne supportais pas.

C'est facile de pleurer pour un chien. Moi je n'ai jamais autant crié pleuré que quand mon chien est mort. Pourtant il est mort de vieillesse alors que celui de ma nièce était à peine né. Quand je dis que mon chien est mort de vieillesse ce n'est pas tout à fait vrai, il avait les reins bloqués et L. et moi l'avons souvent emmené chez le vétérinaire acupuncteur qui l'avait transpercé avec des énormes aiguilles. Le chien nous regardait comme s'il nous disait vous croyez que c'est bien et que je dois vraiment me laisser faire, mais il voyait dans notre regard que c'était bien et il se laissait faire.

Un jour le vétérinaire nous a dit il n'y a plus rien à faire mais je vais quand même lui faire une piqûre et pendant deux jours le chien ne se traînait plus et ne poussait plus des horribles cris de douleur, j'ai téléphoné à L. qui était en voyage le chien va mieux le chien est sauvé Dieu merci. Ah ce que je suis soulagée. Et j'ai dit viens au chien, viens dire quelque chose à L., et à L. j'ai dit parle-lui, le chien a écouté, L. n'a rien dit mais son silence était rassurant.

Le lendemain et je crois que cela a commencé pendant la nuit, il a repris ses hurlements de douleur, je le caressais, je faisais tout et n'importe quoi, je lui parlais tout doucement à l'oreille, il ne semblait plus très bien m'entendre et il hurlait. J'ai téléphoné à L. et je lui ai dit cette fois c'est vraiment la fin reviens s'il te plaît, je ne veux pas aller seule chez le vétérinaire. Elle est revenue aussi vite qu'elle pouvait. Et voilà. Enfin pas tout à fait, le vétérinaire lui a fait une piqûre de LSD pour qu'il meure heureux et on l'a vu se détendre peu à peu et nous regarder tout heureux, puis il s'est endormi pour toujours.

C'était au temps où je vivais encore avec L. et je regretterai toujours ce temps-là même si maintenant je ne le regrette plus, plus comme avant en tout cas. L. avait besoin de vivre autre chose et moi aussi et je la comprends. Et c'est devenu un autre temps.

M. était là, elle était là avec moi et moi avec elle. Nous étions deux. Elle avait des enfants alors ça faisait plus.

Je comprends très bien pourquoi L. avait besoin de vivre autre chose mais c'est tellement intime que je n'arrive pas à l'écrire. Je n'oublie pas L. qui compte toujours pour moi et qui sans doute comptera toujours.

L. c'est ma famille au fond. Au fond, à part ma sœur et ma mère j'ai une famille. Je sais pourquoi L. avait besoin de quelqu'un d'autre et parfois je me dis j'aurais pu le lui donner. Maintenant je me dis ça mais on ne revient plus en arrière et puis je n'aurais sans doute pas pu le lui donner. Maintenant L. vit à quelques centaines de mètres de moi, quand je suis à Paris je veux dire et elle aussi, parce qu'elle voyage beaucoup pour son métier.

Et quand il arrive que nous nous voyions toutes les deux à Paris, elle m'apporte du thé russe que j'aime et de la nourriture bio parce qu'elle sait que je ne vais rien m'acheter et que je vais aller manger au restaurant du coin qui est bon mais la nourriture malsaine et pleine de microbes et autres vices.

Parfois aussi je vais manger chez elle, elle fait du riz sauvage et du tofu et du pâté végétal et c'est délicieux de manger ensemble. Même si c'était n'importe quelle nourriture ce serait délicieux et nous serions heureuses toutes les deux. Après le repas je suis fatiguée alors je dors dans son lit devant la télé ultraplate que je lui ai achetée alors que c'est rare que je fasse un cadeau, et elle travaille. Elle est terriblement travailleuse et elle a une grande concentration et une mémoire incroyable. Moi c'est tout le contraire. J'ai même fait un film sur la paresse où je joue mon propre rôle de paresseuse et elle son propre rôle de travailleuse et le film commence par paresseuse lève-toi. Je n'aime pas être une paresseuse, j'en ai même horreur mais je dois l'admettre je suis de plus en plus paresseuse et j'ai de moins en moins envie de faire quelque chose. C'est de là que vient ma paresse.

Chaque pas que je fais chez moi dans mon appartement à Paris me fait plaisir. Y respirer me fait plaisir. Monter et descendre me fait plaisir. Jeter les vieux journaux. Les livres que je ne lirai plus. Les vieilles invitations. Changer les ampoules. Acheter des nouvelles lampes. M'asseoir ici ou là, me relever. Écouter les cris dans la rue. Puis regarder. Deux grands types se prennent à la gorge en se hurlant dessus. Toute la rue regarde, personne ne réagit. Je me dis ils vont se tuer. Je finis par appeler la police. Très vite deux voitures arrivent, des flics en sortent, séparent les types, leur parlent et bientôt c'est fini. Les types rient même ensemble.

Tout se calme.

En fouillant dans les tiroirs je viens encore de retrouver trois débardeurs, un blanc, un noir, un rouge bordeaux, cela ne s'arrêtera donc jamais.

Je les lisse. Les plie.

Si jamais elle me voyait elle n'arriverait pas à le croire. Elle ne m'a jamais vue faire ça. En général je jette tout dans la valise. C'est peut-être cela qu'elle appelle être self involved, s'en foutre de tout. De sa valise comme du reste.

Clara fume dehors sur la terrasse avec moi.

Elle regarde la télé avec ma mère le soir.

Ma mère a besoin de compagnie.

Elle a de la compagnie depuis qu'elle est revenue du Mexique.

Maintenant elle ne supporte plus de vivre seule comme elle l'a fait tant d'années. C'est fini. Heureusement Clara a quitté le Mexique pour vivre avec ma mère.

Clara dit qu'elle ne dort pas la nuit pour écouter les bruits de ma mère.

Le matin elle se réveille tard et ma mère se bat seule avec sa tartine, elle se bat à cause de son épaule gauche cassée qui restera cassée.

Elle arrive au prix de mille efforts à faire le café.

Ma mère s'est levée de son fauteuil électrique. Elle dit qu'elle vient de se rafraîchir et qu'elle va se remettre dans son fauteuil et que bientôt l'aide ménagère va sonner.

Tu lui ouvres ? Oui, bien sûr.

Elle se couche dans son fauteuil et gémit. Elle gémit à intervalles réguliers. Sans cesse.

Il faudra qu'elle aille acheter du pain. Oui. Je lui dirai.

Tu n'as pas de médicaments à prendre ?

Si, je les prendrai.

Elle gémit. Si seulement ses gémissements pouvaient s'arrêter.

Hier on lui a fait tant de compliments. Elle va tellement mieux et ses cheveux sont revenus. Un vrai miracle. Et elle a moins de rides.

Mais quand elle mange elle n'arrive pas à couper sa viande avec son épaule cassée, ni couper ni autre chose. Oui, c'est ça aller mieux.

Parce qu'avant c'était pire. Et puis c'est mieux quand même. Ou c'est moi qui supporte mieux.

Laisse la porte de la cuisine ouverte, j'ai besoin d'air.

Aujourd'hui on ne pourra pas sortir et pourtant j'ai besoin d'air. Heureusement qu'on est sorties hier. J'ai mangé une énorme glace et j'ai pris de l'air et j'ai regardé les gens. Des gens bien.

Hier je n'ai pas pris ma douche, aujourd'hui je vais demander à l'aide familiale qu'elle m'aide à prendre ma douche. Cela me rafraîchira.

Je ne peux plus le faire toute seule. Ni m'habiller ni me déshabiller. Maintenant je commence même à avoir mal à l'épaule droite.

Tu as vu cette moquette, elle a au moins quatre centimètres d'épaisseur comme ça si je tombe je ne me ferai plus mal. C'est ta sœur qui a fait installer tout ça. Mais maintenant dès que tu entres tu dois enlever tes chaussures tout de suite pour ne pas salir la nouvelle moquette. Oui, tout de suite.

Et puis on ne peut plus fumer à l'intérieur de l'appartement sinon j'étouffe tout de suite, si tu veux fumer va sur la terrasse.

Oui. J'irai.

Je me suis même installé une chaise sur la terrasse et je fume.

Enfin, ici elle n'a plus besoin de masque à oxygène, ici elle n'a plus besoin de transfusions de sang, de piqûres de vitamine B12.

Ici elle va mieux. Elle oublie un peu, c'est tout. Et seulement parfois.

Et pourtant quelque chose a changé, elle ne se tord plus les mains d'angoisse.

Elle n'attend plus devant la fenêtre.

Quelque chose a changé dans l'atmosphère de la maison.

On s'y sent mieux. Je ne sais pas pourquoi. C'est la même chose et pourtant pas. Ma mère revit. Et quand elle met du rouge aux lèvres, ses lèvres n'ont plus l'air de saigner. Je dirais que ça lui va bien. Sans doute parce que ses joues sont moins vertes.

Elle me dit tu es pâle. Oui je sais, le docteur de New York m'a dit que j'ai une anémie.

Ah comme moi, je suis toujours anémique.

Il m'a dit aussi que je manquais de vitamine D.

C'est à cause du soleil. Il n'y en a pas. Et elle rit.

J'ai acheté des fleurs blanches pour ma mère. Il fait tellement gris.

Avec des fleurs peut-être on le sentira moins.

On essaye. Ça ne marche pas très fort.

Je n'ai rien à dire. Ma mère se plaint. Dis quelque chose.

Mais quoi ? Ce que tu veux, ce que tu fais, dis n'importe quoi.

Oui. Je vais essayer. Mais rien absolument rien ne passe par ma tête, par mes lèvres.

Elle est triste à cause de ça. Moi aussi. Je suis dans un mauvais jour.

Ça va passer.

Parlons. Mais comment meubler la conversation. Qu'est-ce que tu veux que je te dise ? Tout m'intéresse.

Elle va se recoucher et moi me cacher dans la petite chambre où le repassage s'entasse.

Je reviens la voir et dis si on faisait une liste.

Pensons déjà à la liste. La liste c'est pour les courses. Tous les jours il faut faire des courses. Bien sûr ce sont les aides familiales qui les font et elles ne choisissent pas toujours bien. Parfois oui.

Oui. Je n'ai aucune idée dit ma mère.

Alors allons au restaurant pour changer.

Oui, dit ma mère, ça fait si longtemps.

Au restaurant elle a tout mangé. Tout bu. Un grand steak au poivre, des frites, du pain, du beurre. Un grand verre de vin rouge.

J'ai coupé sa viande comme si c'était la chose la plus naturelle du monde. Mais à part pour dire que tout est bon et que c'est toujours bon dans ce restaurant et qu'il y a même des gens qui viennent de loin pour manger là, on n'avait rien à dire.

Repue, elle est rentrée chez elle. Juste quelques pas. Le restaurant est juste au coin.

J'ai voulu l'aider à monter les escaliers mais elle s'est accrochée à la rampe, le corps tourné vers elle, un corps tordu, désarticulé et elle a monté les quelques marches. Bravo, j'ai dit.

Je suis allée dormir.

En silence.

Un sommeil lourd.

Je me suis levée, j'ai vu que ma mère ne dormait pas, j'ai été m'asseoir à côté d'elle et je lui ai raconté New York, pas en détail mais New York quand même avec des détails quand même.

Elle me regardait sans jugement.

Elle m'a dit heureusement tu as retrouvé M.

J'espère que tu ne la feras plus souffrir.

Non, jamais.

C'est quelqu'un de bien, je ne l'ai vue qu'une fois mais je sais que c'est quelqu'un de bien. De bien et de bon. Je sens ces choses-là.

Tu sais quand j'étais très jeune pendant des mois j'ai échangé des lettres avec un soldat israélien. C'est comme ça que je vivais. Une vie à travers des lettres. Je ne l'ai jamais rejoint. Les lettres me manquaient, c'est tout.

Puis j'ai rencontré ton père. En chair et en os. Les lettres ne me manquaient plus. Et tu ne lui as plus jamais écrit ? Non. Et tu ne sais pas ce qu'il est devenu ? Non. Et tu n'y penses jamais ? Non. Et s'il était mort ? Eh bien je ne le saurais pas. S'il était mort ça ne te ferait rien ? Tu sais à l'époque je ne savais pas aimer. J'essayais, c'est tout, avec les lettres. Et comment tu l'as rencontré, tu as bien dû le rencontrer ? Oui, en passant, juste une soirée, c'était un ami de quelqu'un que je connaissais. Tout ce que je peux te dire c'est qu'il avait des cheveux très noirs, des yeux très noirs et une grosse moustache. Tu t'en souviens encore. Non mais un jour il m'a envoyé sa photo alors je me suis dit tout ça. Alors comme la photo est encore là je me souviens, sinon, non.

Tu ne m'as jamais raconté.

Non, pour quoi faire ? Au fond, ça ne comptait pas. Ce n'étaient que des lettres, des belles lettres mais que des lettres.

Les lettres ne comptent pas alors ? Ça dépend, mais à ce moment-là de ma vie j'étais comme insensible. Alors ça ou autre chose.

Après tu es devenue plus sensible. Oui, j'ai été sensible à la gentillesse de ton père. Mais tu ne dis pas je suis tombée amoureuse. Non, après tout ça, tout ce qui m'était arrivé, c'était la gentillesse qui comptait.

Mais quand tu étais petite tu tombais amoureuse tout le temps.

Oui, c'était avant. Avant tout était possible, même de tomber amoureuse.

Je vais me coucher. Oui, couche-toi. C'est bon de parler, tu ne trouves pas ?

Oui, c'est bon. Mais c'est rare quand tu parles. Oui, parfois je suis fermée ou bien je n'ai rien à dire.

Mais il ne faut pas avoir quelque chose à dire pour parler. On peut juste dire quelque chose et puis une autre chose, c'est comme ça qu'on parle.

Moi j'adore parler. Oui, je sais maman. Je sais, parfois je répète la même chose. C'est pas grave.

Mais pour toi on a l'impression que c'est grave et que tu ne supportes pas. Parfois je ne supporte pas mais parfois ça ne me fait rien.

Quand je ne supporte pas c'est que je suis de mauvaise humeur et quand je suis de mauvaise humeur je ne supporte rien.

Alors sois de bonne humeur.

Ma sœur aime L. parce que pour elle L. c'est de la famille, et M. pour d'autres raisons tout simplement.

Je lui dis que j'ai des remords pour C.

De la peine aussi.

J'ai écorché un agneau à vif.

Je saigne.

Arrête. Il fait si beau.

Oui, j'arrête.

Au Mexique, quand une fois de plus elle avait été à l'hôpital et qu'une fois de plus elle en est ressortie et que je la voyais sur Skype de New York elle avait l'air de ne pas me reconnaître, alors je criais maman, c'est moi, maman, mais son regard ne regardait pas et elle ne semblait pas me reconnaître.

Je me suis dit au fond m'a-t-elle jamais connue. J'avais l'impression qu'elle était plus vraie quand elle ne me reconnaissait pas que quand elle me criait des mots d'amour. Je me suis dit ça c'est ma vraie mère. Plus tard elle m'a dit que c'est parce qu'elle voyait trouble.

Un jour toujours au Mexique, un des rares jours où on l'a sortie, c'était déjà quand elle n'avait plus besoin de son masque à oxygène, on l'a sortie parce qu'on projetait mon dernier film, elle n'a rien entendu du film parce que son appareil lui faisait mal mais elle a vu des images et surtout elle a vu qu'après le film je suis montée sur scène et j'ai répondu à des questions et que c'était chaleureux ce jour-là. Quand enfin elle est montée dans la voiture avec l'aide de son petit-fils qui l'a portée dedans, moi j'étais déjà assise au milieu, elle m'a dit mes filles, mes filles elles ont tout ça. Moi je n'ai rien eu à part les camps. C'était la première fois qu'elle disait ça. Sinon elle disait toujours qu'elle était contente et que c'était merveilleux, et tout d'un coup ça.

Et je me disais encore une fois, cette fois elle dit la vérité, pas la vérité, mais sa vérité, et que c'était terrible. Mais qu'il valait mieux pour moi, pour elle, que ce soit dit. Et je ne lui en voulais pas. Pas du tout. C'était mieux mais je suis restée sans parole, que pouvais-je dire. Je pensais ce n'est pas juste, elle a connu une vie avant les camps et une vie après les camps, elle s'est même amusée parfois et puis elle nous a eues, nous ses deux filles et je crois qu'elle se sentait bien avec mon père qui était calme.

Mon père acceptait tout et ne semblait pas voir son angoisse et il acceptait qu'elle veuille toujours être à l'avance pour prendre le train et il acceptait qu'elle commence à faire les bagages huit jours avant qu'ils ne partent quelque part et ne disait jamais rien et il acceptait son angoisse et ne disait rien. Il ne semblait même pas la remarquer et pourtant c'était remarquable mais il faisait comme s'il ne remarquait rien et que tout était normal. Moi je disais, cela prend une heure de faire ses bagages et de toute façon tu sais très bien quoi mettre dans les valises et tu n'oublies jamais rien pas comme moi.

J'aime être prête. Elle aurait pu ajouter j'aime être prête à tout et surtout au pire parce que le pire elle connaissait, mais elle disait juste j'aime être prête. On finira par le savoir je disais sans gentillesse et je croyais que je faisais de l'humour mais ma mère ne prenait certainement pas ça pour de l'humour. Au contraire. Cela la brusquait et son angoisse montait, alors je disais fais comme tu veux. Mon père ne disait rien, il faisait celui qui ne remarquait pas et c'était sans doute la meilleure chose à faire.

Moi je déteste faire les choses à l'avance, je les fais toujours à la dernière minute quand il est impossible de faire autrement, alors bien sûr j'oublie plein de choses mais ce n'est pas grave au fond.

Je déteste me préparer, je préfère me lever très tôt le jour même de mon départ et jeter tout dans une valise sans choisir. Sans plier les affaires, sans mettre les chaussures dans des sachets en plastique. Je jette tous les médicaments un peu partout parce que je prends plein de médicaments, je suis obligée à cause de ma maladie chronique et de mes insomnies. Et si par malheur j'oublie l'un ou l'autre de mes médicaments je dois téléphoner pour qu'on me les envoie de Paris et heureusement ma pharmacienne est complaisante et elle sait que si je ne prends pas mes médicaments il peut m'arriver que ma maladie chronique en profite pour surgir et alors on doit m'enfermer. Ma mère n'oublie rien mais à quel prix, maintenant j'ai compris le prix qu'elle paye pour ne rien oublier. Mais c'est un peu tard.

Ma sœur non plus n'oublie rien et elle voyage toujours avec énormément de valises. Ses valises sont bourrées à craquer et plus elle en a, plus elles sont bourrées. Moi je dis toujours j'aime voyager léger mais surtout n'oublie pas tes médicaments dit ma mère ou ma sœur ou même L. Tout le monde me dit ça, et j'en ai marre d'entendre ça et j'en ai marre de mes médicaments et j'en ai marre de ma maladie chronique et j'en ai marre qu'on m'enferme et j'en ai marre d'avoir des insomnies alors j'oublie rarement mes somnifères. On me dit mais quels somnifères tu prends, ils sont très forts et on s'y habitue en plus, et tu devras en prendre de plus en plus pour pouvoir dormir. Je réponds que non, que le docteur mon nouveau psychiatre pharmacologiste m'a dit que non, on ne s'y habitue pas, qu'on n'a pas d'addiction et qu'il n'y a pas lieu de s'en faire. Mais ce n'est pas tout à fait vrai.

D'ailleurs je ne m'en fais pas sauf quand je les oublie parce qu'alors je passe des nuits entières sans dormir et dormir c'est très important pour quelqu'un comme moi et même pour les autres.

Quand je n'en ai plus ou quand je les ai oubliés je panique, je m'affole, je ferais n'importe quoi, j'ai même crié dans une pharmacie américaine. J'ai dit que l'Amérique n'était pas un pays libre et que d'ailleurs à la douane ils avaient pris mes empreintes comme si je rentrais en prison et qu'ils avaient photographié mes yeux et j'ai crié que c'était anticonstitutionnel et une atteinte à ma personne privée et d'autres choses encore et la pharmacienne si on peut appeler cela une pharmacienne, derrière son comptoir, s'est affolée et m'a demandé de me calmer. Mais je ne me suis pas calmée, j'ai regardé tout le monde et j'ai dit America is not a free country. Je suis sortie de la pharmacie, en face j'ai aperçu une pizzeria et j'ai mangé quatre pizzas d'affilée, elles étaient tellement bonnes que j'en aurais bien commandé une cinquième mais je commençais à avoir mal au ventre et je me suis dit je ne sais par quel miracle que cela suffisait et puis je me suis intéressée à la serveuse qui discutait avec un jeune homme assez beau et je me suis dit ils s'aiment, en tout cas ils ont envie de passer du temps ensemble et si je commande une cinquième pizza je vais les déranger. Alors j'ai payé et je suis sortie.

Je me sentais fantastiquement bien, bien nourrie, il n'y avait plus qu'à aller au bar d'à côté et boire un bon verre de vin rouge.

Je suis entrée dans le bar à peine éclairé par une télévision, je n'ai vu que des hommes, je me suis assise sur un tabouret et ai commandé un verre de vin rouge. Malheureusement il n'était pas très bon mais je l'ai bu quand même, ça ferait passer les quatre pizzas. Cela ne les a pas fait passer alors j'ai pris un taxi parce que pour aller de l'est à l'ouest c'est pas si facile. Faut prendre un bus, descendre du bus, avoir la monnaie pour le bus, j'ai donc pris un taxi qui m'a ramenée vers mon Harlem préféré où je me suis couchée sur mon lit préféré en me disant la pauvre pharmacienne j'aurais pas dû lui dire ça, c'est pas de sa faute mais j'avais qu'elle sous la main. Si je l'avais dit à la douane on m'aurait renvoyée séance tenante en France comme la France n'arrête pas de faire avec les immigrés, les sans-papiers, etc., non sans les frapper parfois.

Ma mère m'a toujours dit qu'une bonne petite claque vaut mieux que tout pour les enfants. Mais elle me donnait de si petites claques que je les sentais pas. J'étais un mauvais petit diable mais ma mère était une immigrée, elle aussi, elle en avait vu d'autres. Je me suis dit un jour je retournerai voir cette gentille pharmacienne pour m'excuser mais je lui dirai quand même que tout ce que je lui avais dit je le pensais profondément. Je sais qu'on n'a pas toujours besoin de dire ce que l'on pense. Vaut mieux même parfois se taire et ne rien dire, mais j'ai du mal. Dès que je pense quelque chose et que je suis avec des gens je leur dis ce que je pense et eux toujours bien éduqués me répondent à peine. Mais au fond je sais ce qu'ils pensent, surtout les bien éduqués français et même belges.

Je me dis plus on est bien éduqué plus on est hypocrite, ça je le savais depuis longtemps, depuis ma première année au lycée chez les bien éduquées, c'étaient que des filles à ce moment-là, les bien éduquées avaient déjà appris à être hypocrites et à toujours dire ce qu'il fallait. Elles tenaient ça de famille. Et ces filles-là venaient de mère en fille dans ce lycée de bien éduquées. Elles avaient toujours de bons points en éducation politesse alors que moi non (ou pas) alors que je trouvais que c'était bien de ne pas être hypocrite. Encore un mot d'école. Je n'emploie plus jamais ce mot.

J'ai fini par arrêter de dire tout ce que je pensais en lisant un livre sur mon banc, comme ça je n'entendais rien et je n'avais plus rien à dire. Bien sûr je me suis fait prendre. La professeur de français est arrivée jusqu'à mon banc à pas de loup et m'a dit, j'en étais sûre.

Je lisais du Radiguet c'était absolument passionnant, je lui ai dit je lis du français, c'est absolument passionnant. Je n'en doute pas, elle m'a dit. Sortez. Elle ne pouvait pas dire mieux, je suis sortie avec mon livre et j'ai continué à lire dans le couloir. Quand j'ai eu fini mon livre je ne savais plus quoi faire alors je suis allée aux toilettes. Normalement il fallait lever le bras, attendre pour répondre qu'on vous dise à vous personnellement oui, et demander si on pouvait aller aux toilettes. En général on vous disait oui, pas, encore. Non ça ne se faisait pas, au cas où vous répondriez oui, j'ai une diarrhée. C'était malodorant de répondre ça. Alors les professeurs avaient peur de dire encore. Parfois à la place de vous dire encore, ils (en fait c'étaient que des femmes), elles auraient pu dire vous ne vous sentez pas bien, j'aurais alors répondu mais si très bien j'ai simplement besoin d'aller aux toilettes, c'est un besoin naturel après tout. Mais le naturel était mal vu dans mon école. Le naturel vous amenait à avoir de mauvaises notes en éducation politesse. Alors je chassais parfois mon naturel, mais souvent j'oubliais. Enfin dans ce couloir, je pouvais aller aux toilettes comme je voulais et c'était déjà ça.

Plus tard cette professeur qui m'avait mise à la porte est la seule qui a parlé avec un peu d'humanité à ma mère, même si ma mère et moi on n'a pas très bien compris.

Elle lui a dit, faut que votre fille fasse des choses manuelles sinon ça finira mal pour elle. Ma mère a dit, mais elle essuie la vaisselle et elle la range même parfois, la professeur a dit ce n'est pas assez. À cause de sa tête.

Ma mère l'a regardée, pensive. Elle a répété, pas assez. Elle n'a pas demandé pourquoi ça finirait mal et qu'est-ce qu'elle avait ma tête. Et jusqu'à aujourd'hui je me demande comment cette professeur avait pu avoir une telle intuition. Quand ma mère parlait de tête, elle pensait une belle tête de cheveux c'est tout, elle ne parlait pas de tête.

Je pense souvent à cette professeur quand je me lève le matin, la gorge nouée. Alors avant même le café je bouge, je range, je fais des gestes méthodiques, je descends même la poubelle et je me sens mieux.

Les autres professeurs du lycée n'étaient pas comme ça. Ma mère n'était pas habituée. À l'école primaire tous les instituteurs m'aimaient et ça se savait.

Il y avait même des élèves qui s'en plaignaient. Ils disaient toi, ils t'aiment. Ils t'aiment plus que tous les autres. Tu es la préférée. Mais ce n'était pas une école de gens bien et les enfants ne connaissaient rien à l'Iliade et l'Odyssée, et ils n'avaient jamais vu le Parthénon.

Dès le premier mois du lycée ma mère avait été convoquée à l'école, on lui avait dit votre fille est insupportable, ma mère qui était tout sauf hypocrite avait répondu ah bon mais elle est très gentille à la maison.

La chef de classe en était restée pantoise. Habituellement les mères étaient toujours d'accord, d'ailleurs on ne les appelait jamais après un mois de classe. Ma mère était la seule alors elle a été reçue tout de suite. Heureusement parce qu'elle devait encore faire les courses pour le souper et faire le souper, mettre la table je le faisais en général et s'occuper de ma sœur ça c'était pas difficile parce que ma sœur revenait toujours impeccable de l'école. Elle n'était pas tombée, elle n'avait pas fait de taches sur ses vêtements, elle n'avait pas envie de faire ses devoirs mais on pouvait la comprendre. Elle ne traînait pas dans les rues après l'école, d'ailleurs elle n'avait que quatre ans. Elle avait de la chance. Elle allait au jardin d'enfants où tout le monde était gentil avec elle et je ne sais pas pourquoi j'ai dit qu'elle n'avait pas envie de faire ses devoirs puisqu'elle n'avait pas de devoirs. Plus tard seulement elle a eu des devoirs qu'elle n'avait pas envie de faire. Moi je lui disais, travaille, travaille, sinon, cela va mal finir et tu vas vendre des chaussures. Pourquoi des chaussures me demandait-elle, parce que je disais toujours des chaussures, pas autre chose. Des chaussures comme P. quand elle est rentrée en Belgique.

Mais ma sœur était quand même de bonne humeur et c'est ce qui comptait.

Surtout quand on est encore si petite.

Moi je traînais déjà après l'école à cause de l'amour. L'amour vous fait traîner. J'accompagnais une fille des classes supérieures à la gare du Luxembourg. On parlait longtemps, elle laissait passer un train, parfois deux pour parler encore avec moi même quand il pleuvait. De quoi, je ne sais plus. Quand il pleuvait ses cheveux longs et blonds devenaient plus sombres mais c'était pas grave. Elle finissait par prendre son train et moi je rentrais à la maison. Je ne savais pas que c'était de l'amour. Pourtant ça l'était bel et bien.

Il ne s'est jamais rien passé entre nous mais c'était de l'amour et ça rendait l'école supportable.

Tous les jours je me levais aux aurores pour aller à l'école la retrouver. Entre les classes aussi on courait l'une vers l'autre juste pour cinq minutes. On avait tant de choses à se dire. Alors même cinq minutes ça valait la peine. Mais ce n'était jamais assez.

Quand elle a quitté l'école pour se marier c'était fini. J'ai eu un grand vide. Je faisais tout pour ne plus aller à l'école et moins j'y allais plus quand j'y revenais c'était terrible. Morne aussi.

Elle a quitté l'école et a aussi quitté l'Europe avec son mari. Elle est partie dans un pays chaud qui vivait dans la guerre. Ce pays je l'aime. On dit que c'est le pays de mes ancêtres. Au début elle m'écrivait un peu, mais après elle a dû oublier. J'ai appris plus tard qu'elle et son mari s'étaient quittés. Pourquoi je ne sais pas. Ils étaient tous les deux si beaux.

Parfois je me dis et si j'essayais de la retrouver, parce qu'entre-temps j'avais entendu qu'elle était rentrée en Belgique et vendait des chaussures dans une toute petite ville de province. J'imaginais ce que ça pouvait être.

Non, je n'y arrivais pas.

Quelles chaussures et comment était cette petite ville et où.

Plus tard j'ai appris que c'était à Mons.

Mons était sur le chemin de Paris et à l'époque le train s'y arrêtait encore alors je me disais en allant à Paris, un jour elle va monter dans le train.

Je lui demanderai pour les chaussures.

D'ailleurs j'avais toujours aimé les chaussures qu'elle portait. C'était souvent les mêmes mais de couleurs un peu différentes.

Je me souviens de ses chaussures et aussi de sa chemise de nuit en nylon transparente.

Un jour elle était venue chez moi et elle avait dormi dans mon lit avec cette chemise.

On avait un peu parlé dans le lit mais pas trop fort pour ne pas réveiller ma sœur qui dormait dans un autre lit dans la même chambre.

Elle s'était endormie la première. Un jour, plus tard, j'ai vu une fille qui lui ressemblait, enfin j'ai cru qu'elle lui ressemblait mais elle avait les cheveux roux clair. Avec elle j'ai su que c'était de l'amour.

Mais pas avec P. Je passais aussi toutes les récréations dans le grand parc de l'école avec elle et là aussi on parlait, on parlait en marchant dans les allées.

Il y avait de grands arbres sans feuilles parce que je ne sais pas pourquoi c'était tout le temps l'automne ou l'hiver.

L'école était au milieu du parc et avait l'air d'un château, je me demandais parfois s'il y avait des donjons dans le château, mais je ne crois pas.

Je me souviens aussi qu'elle avait un petit frère dont elle ne parlait jamais et je ne l'ai vu qu'une fois, au mariage, et je ne sais plus à quoi il ressemble sauf que c'était un petit frère et qu'il avait les cheveux en brosse.

D'ailleurs au mariage je n'ai rien vu, et je suis rentrée avec ses parents de Paris à Bruxelles, le mari était de Paris alors le mariage était à Paris. Je suis rentrée en voiture, je suis arrivée à l'aube avec les parents et le petit frère. J'ai eu l'impression que cela avait pris toute la nuit. Dans la voiture les parents étaient contents du mariage mais s'en faisaient pour le petit frère qui faisait encore parfois pipi au lit mais au fond, ce n'était pas grave et ils savaient que cela passerait. C'est comme ça que j'ai raté mon examen de rattrapage de latin.

Mon cousin était un peu comme le petit frère de P. et tout le monde se désolait mais savait que cela allait passer. Personne ne savait quoi faire et sa mère encore moins que tout le monde parce que sa mère était bizarre, on disait bizarre pour ne pas dire folle, elle venait tous les mercredis avec mon cousin et ma mère refermait la porte de la cuisine parce qu'elle savait que ma tante allait dire des choses bizarres et qu'elle ne voulait pas que j'entende.

Tous les mercredis soir, ma mère était épuisée et disait à mon père ça recommence. Quand elle disait ça, je savais que bientôt ma tante allait disparaître dans une clinique pour quelques mois. Et elle disait c'est sans doute pour ça qu'il fait encore pipi au lit à son âge, mon cousin. On oubliait que son père ne valait rien. On mettait tout sur le dos de sa mère. On oublie que si peut-être son père eût valu grand-chose, ma tante aurait eu moins de choses bizarres à dire. Tout cela on l'oublie, et ça vaut mieux parfois. Mon père disait quand même elle n'aurait jamais dû épouser cet homme qui valait pas grand-chose, il ne disait pas plus mais au fond on savait le reste et ça ne servait à rien de parler de ça. Et d'ailleurs je ne crois pas que ma tante était folle. Pas plus que moi en tout cas. Mon cousin adorait sa mère. Il en parle encore quand on le voit mais on le voit rarement. Il a les yeux de sa mère, enfin pas tout à fait. Tout le monde dit il s'en sort très bien malgré tout, et dans son travail il a même une certaine renommée. Il s'occupe de perles, il coud des perles avec patience sur des robes de mariée de la grande bourgeoisie et même de la noblesse. Il fait aussi le dessin. Personne n'avait encore fait ça dans notre famille.

Ma mère n'aime pas entendre parler de perles, c'est pour ça sans doute qu'on ne le voit pas souvent. Et puis sans doute, elle reconnaît ma tante dans ses yeux et cela la fait trembler.

Mon cousin a perdu sa mère très jeune. Il avait à peine dix ans et personne ne lui a demandé ce que ça faisait de perdre sa mère très jeune, sa mère qui ne voulait plus vivre.

Parfois aux enterrements, et je suis allée à un enterrement il n'y a pas si longtemps, on demande si les parents du mort sont encore vivants et on espère que non, parce que c'est le pire que de survivre à son enfant.

À cet enterrement-là, une personne m'a dit c'est quelqu'un de notre génération qui s'en va. Il voulait dire c'est bientôt notre tour, mais il ne l'a pas dit.

Quelqu'un aussi m'a dit il faut continuer. Tu vas continuer n'est-ce pas.

Il voulait dire à faire des films. J'ai dit très vite oui, oui. Et je me suis détournée. Pourquoi fallait-il que je continue. Pourquoi avais-je dit, oui, oui si vite. Parce que.

Après j'ai encore vu cette personne et elle m'a serré le bras tout d'un coup et je me suis dit, c'est une autre manière de me dire de continuer. Je n'ai pas bougé, j'ai attendu là que ça passe et finalement, on m'a lâché le bras et quand j'ai regardé un peu plus tard à côté de moi, cette personne n'était plus là. J'ai respiré.

Quelqu'un d'autre m'a dit mais c'était quand même une belle cérémonie, le quand même voulait tout dire.

Mais je me suis quand même dit que ce n'était pas la peine de dire des choses pareilles et puis je me suis dit mais c'est parce qu'il n'y a rien à dire.

Alors j'ai regardé les trois filles du mort et je me suis dit elles sont belles.

Je ne savais pas qu'il avait trois filles, et au fond qu'est-ce que je savais du mort. Il faisait froid, je suis partie, je suis rentrée chez moi, ce n'était pas loin.

Même chez moi il faisait froid alors je me suis mise dans mon lit. J'ai pris toutes les couvertures et je me suis mise au lit mais j'avais encore froid.

J'ai essayé de me souvenir du mort, de quand je l'avais rencontré. C'était il y a très longtemps et il était si jeune et si beau. Comme ses filles. Je ne sais pas pourquoi j'étais encore plus triste parce que ses filles étaient belles.

Cette beauté-là donnait envie de pleurer mais je n'ai pas pleuré, je n'ai pas pu. Puis je me suis souvenue de cette question de génération et je me suis dit pour la première fois j'appartiens, j'appartiens à une génération. Et ça faisait quelque chose.

Une génération qui avait cru en tout, et surtout que tout était possible. Et dans cette génération, au cimetière, il y avait quelqu'un que j'aimais beaucoup, je lui ai dit tu es mon frère.

Il a dit, c'est vrai. Je m'en souviens encore.

Oui, je me souvenais.

Lui aussi avait trois filles, l'une d'elles pleurait. Elle était si jeune. À peine seize ans.

C'est aussi à un enterrement que mon père a dit à ma mère on aurait dû avoir un troisième enfant. J'étais près de lui et je l'ai entendu.

Mais c'était trop tard, alors il a serré le bras de ma mère et s'est éloigné avec elle au milieu des tombes. Ce jour-là il ne faisait pas froid.

Tout ça je le raconte à M.

Je suis assise sur la terrasse de la maison devant la mer et je suis heureuse avec M.

M. je la connais depuis longtemps et il m'a fallu longtemps pour comprendre à quel point je l'aimais.

On s'est aimées, on s'est séparées je ne sais plus pourquoi, et on s'aime.

Même nos ombres s'aiment quand on marche.

LISTE DES ILLUSTRATIONS

Toutes les photographies sont « collection particulière ».
Tous les photogrammes : Produit par LUK Lambrecht pour Culture Center Strombeek.
Tous les films, courts-métrages et séries sont réalisés par Chantal Akerman.

p. 116 : *L'homme à la valise*, 1983. Production : INA. Photo Chantal Akerman.
p. 162 : *Portrait d'une jeune fille de la fin des années soixante à Bruxelles*, 1994. Production : IMA-Production, La Sept-Arte.
p. 180, 181 : *Hôtel Monterey*, 1972. Production : Chantal Akerman.

Remerciements à Marian Goodman.

DE LA MÊME AUTRICE

L'Arche Éditeur

HALL DE NUIT, 1992.
UN DIVAN À NEW YORK, 1996.
UNE FAMILLE À BRUXELLES, 1998.

Les Cahiers du Cinéma / Centre Pompidou

AUTOPORTRAIT EN CINÉASTE, 2004.

Mercure de France

MA MÈRE RIT, 2013 (L'Imaginaire n° 731).

Collection **L'Imaginaire**

Axée sur les constructions de l'imagination, cette collection vous invite à découvrir les textes les plus originaux des littératures romanesques française et étrangères.

Derniers volumes parus

289. **André Hardellet** LE SEUIL DU JARDIN
290. **André Pieyre de Mandiargues** L'ANGLAIS DÉCRIT DANS LE CHÂTEAU FERMÉ
291. **Georges Bataille** HISTOIRE DE L'ŒIL
292. **Henri Thomas** LE PRÉCEPTEUR
293. **Georges Perec** W OU LE SOUVENIR D'ENFANCE
294. **Marguerite Yourcenar** FEUX
295. **Jacques Audiberti** DIMANCHE M'ATTEND
296. **Paul Morand** FERMÉ LA NUIT
297. **Roland Dubillard** OLGA MA VACHE. LES CAMPEMENTS. CONFESSIONS D'UN FUMEUR DE TABAC FRANÇAIS
298. **Valery Larbaud** AMANTS, HEUREUX AMANTS… précédé de BEAUTÉ, MON BEAU SOUCI… suivi de MON PLUS SECRET CONSEIL
299. **Jacques Rivière** AIMÉE
300. **Maurice Blanchot** CELUI QUI NE M'ACCOMPAGNAIT PAS
301. **Léon-Paul Fargue** LE PIÉTON DE PARIS suivi de D'APRÈS PARIS
302. **Joë Bousquet** UN AMOUR COULEUR DE THÉ
303. **Raymond Queneau** LES ENFANTS DU LIMON
304. **Marcel Schwob** VIES IMAGINAIRES
305. **Guillaume Apollinaire** LE FLÂNEUR DES DEUX RIVES suivi de CONTEMPORAINS PITTORESQUES
306. **Arthur Adamov** JE… ILS…
307. **Antonin Artaud** NOUVEAUX ÉCRITS DE RODEZ
308. **Max Jacob** FILIBUTH OU LA MONTRE EN OR

309. **J.M.G. Le Clézio** LE DÉLUGE
310. **Pierre Drieu la Rochelle** L'HOMME COUVERT DE FEMMES
311. **Salvador Dali** JOURNAL D'UN GÉNIE
312. **D.A.F. de Sade** JUSTINE OU LES MALHEURS DE LA VERTU
313. **Paul Nizan** LE CHEVAL DE TROIE
314. **Pierre Klossowski** UN SI FUNESTE DÉSIR
315. **Paul Morand** LES ÉCARTS AMOUREUX
316. **Jean Giono** RONDEUR DES JOURS (L'EAU VIVE I)
317. **André Hardellet** LOURDES, LENTES...
318. **Georges Perros** PAPIERS COLLÉS, III
319. **Violette Leduc** LA FOLIE EN TÊTE
320. **Emmanuel Berl** SYLVIA
321. **Marc Bernard** PAREILS À DES ENFANTS...
322. **Pierre Drieu la Rochelle** RÊVEUSE BOURGEOISIE
323. **Eugène Delacroix** LETTRES INTIMES
324. **Raymond Roussel** COMMENT J'AI ÉCRIT CERTAINS DE MES LIVRES
325. **Paul Gadenne** L'INVITATION CHEZ LES STIRL
326. **J.M.G. Le Clézio** VOYAGES DE L'AUTRE CÔTÉ
327. **Gaston Chaissac** HIPPOBOSQUE AU BOCAGE
328. **Roger Martin du Gard** CONFIDENCE AFRICAINE
329. **Henri Thomas** LE PARJURE
330. **Georges Limbour** LA PIE VOLEUSE
331. **André Gide** JOURNAL DES FAUX-MONNAYEURS
332. **Jean Giono** L'OISEAU BAGUÉ (L'EAU VIVE II)
333. **Arthur Rimbaud** CORRESPONDANCE (1888-1891)
334. **Louis-René Des Forêts** LES MENDIANTS
335. **Joë Bousquet** TRADUIT DU SILENCE
336. **Pierre Klossowski** LES LOIS DE L'HOSPITALITÉ
337. **Michel Leiris** LANGAGE TANGAGE OU CE QUE LES MOTS ME DISENT
338. **Pablo Picasso** LE DÉSIR ATTRAPÉ PAR LA QUEUE
339. **Marc Bernard** AU-DELÀ DE L'ABSENCE
340. **Jean Giono** LES TERRASSES DE L'ÎLE D'ELBE
341. **André Breton** PERSPECTIVE CAVALIÈRE
342. **Rachilde** LA MARQUISE DE SADE

343. **Marcel Arland** TERRES ÉTRANGÈRES
344. **Paul Morand** TENDRES STOCKS
345. **Paul Léautaud** AMOURS
346. **Adrienne Monnier** LES GAZETTES (1923-1945)
347. **Guillaume Apollinaire** L'ARBRE À SOIE ET AUTRES ÉCHOS DU MERCURE DE FRANCE (1917-1918)
348. **Léon-Paul Fargue** DÉJEUNERS DE SOLEIL
349. **Henri Calet** MONSIEUR PAUL
350. **Max Jacob** LE TERRAIN BOUCHABALLE
351. **Violette Leduc** LA BÂTARDE
352. **Pierre Drieu la Rochelle** LA COMÉDIE DE CHARLEROI
353. **André Hardellet** LE PARC DES ARCHERS suivi de LADY LONG SOLO
354. **Alfred Jarry** L'AMOUR EN VISITES
355. **Jules Supervielle** L'ARCHE DE NOÉ
356. **Victor Segalen** PEINTURES
357. **Marcel Jouhandeau** MONSIEUR GODEAU INTIME
358. **Roger Nimier** LES ÉPÉES
359. **Paul Léautaud** LE PETIT AMI
360. **Paul Valéry** LETTRES À QUELQUES-UNS
361. **Guillaume Apollinaire** TENDRE COMME LE SOUVENIR
362. **J.M.G. Le Clézio** LES GÉANTS
363. **Jacques Audiberti** LES JARDINS ET LES FLEUVES
364. **Louise de Vilmorin** HISTOIRE D'AIMER
365. **Léon-Paul Fargue** DÎNER DE LUNE
366. **Maurice Sachs** LA CHASSE À COURRE
367. **Jean Grenier** VOIR NAPLES
368. **Valery Larbaud** AUX COULEURS DE ROME
369. **Marcel Schwob** CŒUR DOUBLE
370. **Aragon** LES AVENTURES DE TÉLÉMAQUE
371. **Jacques Stephen Alexis** LES ARBRES MUSICIENS
372. **André Pieyre de Mandiargues** PORTE DÉVERGONDÉE
373. **Philippe Soupault** LE NÈGRE
374. **Philippe Soupault** LES DERNIÈRES NUITS DE PARIS
375. **Michel Leiris** MOTS SANS MÉMOIRE

376. **Daniel-Henry Kahnweiler** ENTRETIENS AVEC FRANCIS CRÉMIEUX
377. **Jules Supervielle** PREMIERS PAS DE L'UNIVERS
378. **Louise de Vilmorin** LA LETTRE DANS UN TAXI
379. **Henri Michaux** PASSAGES
380. **Georges Bataille** LE COUPABLE suivi de L'ALLELUIAH
381. **Aragon** THÉÂTRE/ROMAN
382. **Paul Morand** TAIS-TOI
383. **Raymond Guérin** LA TÊTE VIDE
384. **Jean Grenier** INSPIRATIONS MÉDITERRANÉENNES
385. **Jean Tardieu** ON VIENT CHERCHER MONSIEUR JEAN
386. **Jules Renard** L'ŒIL CLAIR
387. **Marcel Jouhandeau** LA JEUNESSE DE THÉOPHILE
388. **Eugène Dabit** VILLA OASIS OU LES FAUX BOURGEOIS
389. **André Beucler** LA VILLE ANONYME
390. **Léon-Paul Fargue** REFUGES
391. **J.M.G. Le Clézio** TERRA AMATA
393. **Jean Giraudoux** LES CONTES D'UN MATIN
394. **J.M.G. Le Clézio** L'INCONNU SUR LA TERRE
395. **Jean Paulhan** LES CAUSES CÉLÈBRES
396. **André Pieyre de Mandiargues** LA MOTOCYCLETTE
397. **Louis Guilloux** LABYRINTHE
398. **Jean Giono** CŒURS, PASSIONS, CARACTÈRES
399. **Pablo Picasso** LES QUATRE PETITES FILLES
400. **Clément Rosset** LETTRE SUR LES CHIMPANZÉS
401. **Louise de Vilmorin** LE LIT À COLONNES
402. **Jean Blanzat** L'IGUANE
403. **Henry de Montherlant** LES BESTIAIRES
404. **Jean Prévost** LES FRÈRES BOUQUINQUANT
405. **Paul Verlaine** LES MÉMOIRES D'UN VEUF
406. **Louis-Ferdinand Céline** SEMMELWEIS
407. **Léon-Paul Fargue** MÉANDRES
408. **Vladimir Maïakovski** LETTRES À LILI BRIK (1917-1930)
409. **Unica Zürn** L'HOMME-JASMIN
410. **V. S. Naipaul** MIGUEL STREET

411. **Jean Schlumberger** LE LION DEVENU VIEUX
412. **William Faulkner** ABSALON, ABSALON !
413. **Jules Romains** PUISSANCES DE PARIS
414. **Iouri Kazakov** LA PETITE GARE ET AUTRES NOUVELLES
415. **Alexandre Vialatte** LE FIDÈLE BERGER
416. **Louis-René Des Forêts** OSTINATO
417. **Edith Wharton** CHEZ LES HEUREUX DU MONDE
418. **Marguerite Duras** ABAHN SABANA DAVID
419. **André Hardellet** LES CHASSEURS I ET II
420. **Maurice Blanchot** L'ATTENTE L'OUBLI
421. **Frederic Prokosch** LA TEMPÊTE ET L'ÉCHO
422. **Violette Leduc** LA CHASSE À L'AMOUR
423. **Michel Leiris** À COR ET À CRI
424. **Clarice Lispector** LE BÂTISSEUR DE RUINES
425. **Philippe Sollers** NOMBRES
426. **Hermann Broch** LES IRRESPONSABLES
427. **Jean Grenier** LETTRES D'ÉGYPTE, 1950 suivi d'UN ÉTÉ AU LIBAN
428. **Henri Calet** LE BOUQUET
429. **Iouri Tynianov** LE DISGRACIÉ
430. **André Gide** AINSI SOIT-IL OU LES JEUX SONT FAITS
431. **Philippe Sollers** LOIS
432. **Antonin Artaud** VAN GOGH, LE SUICIDÉ DE LA SOCIÉTÉ
433. **André Pieyre de Mandiargues** SOUS LA LAME
434. **Thomas Hardy** LES PETITES IRONIES DE LA VIE
435. **Gilbert Keith Chesterton** LE NAPOLÉON DE NOTTING HILL
436. **Theodor Fontane** EFFI BRIEST
437. **Bruno Schulz** LE SANATORIUM AU CROQUE-MORT
438. **André Hardellet** ONEÏROS OU LA BELLE LURETTE
439. **William Faulkner** SI JE T'OUBLIE, JÉRUSALEM. LES PALMIERS SAUVAGES
440. **Charlotte Brontë** LE PROFESSEUR
441. **Philippe Sollers** H
442. **Louis-Ferdinand Céline** BALLETS SANS MUSIQUE, SANS RIEN précédé de SECRETS DANS L'ÎLE et suivi de PROGRÈS

443. **Conrad Aiken** AU-DESSUS DE L'ABYSSE
444. **Jean Forton** L'ÉPINGLE DU JEU
446. **Edith Wharton** VOYAGE AU MAROC
447. **Italo Svevo** UNE VIE
448. **Thomas De Quincey** LA NONNE MILITAIRE D'ESPAGNE
449. **Anne Brontë** AGNÈS GREY
450. **Stig Dagerman** LE SERPENT
451. **August Strindberg** INFERNO
452. **Paul Morand** HÉCATE ET SES CHIENS
453. **Theodor Francis Powys** LE CAPITAINE PATCH
454. **Salvador Dali** LA VIE SECRÈTE DE SALVADOR DALI
455. **Edith Wharton** LE FILS ET AUTRES NOUVELLES
456. **John Dos Passos** LA BELLE VIE
457. **Juliette Drouet** « MON GRAND PETIT HOMME… »
458. **Michel Leiris** NUITS SANS NUIT
459. **Frederic Prokosch** BÉATRICE CENCI
460. **Leonardo Sciascia** LES ONCLES DE SICILE
461. **Rabindranath Tagore** LE VAGABOND ET AUTRES HISTOIRES
462. **Thomas De Quincey** DE L'ASSASSINAT CONSIDÉRÉ COMME UN DES BEAUX-ARTS
463. **Jean Potocki** MANUSCRIT TROUVÉ À SARAGOSSE
464. **Boris Vian** VERCOQUIN ET LE PLANCTON
465. **Gilbert Keith Chesterton** LE NOMMÉ JEUDI
466. **Iris Murdoch** PÂQUES SANGLANTES
467. **Rabindranath Tagore** LE NAUFRAGE
468. **José Maria Arguedas** LES FLEUVES PROFONDS
469. **Truman Capote** LES MUSES PARLENT
470. **Thomas Bernhard** LA CAVE
471. **Ernst von Salomon** LE DESTIN DE A.D.
472. **Gilbert Keith Chesterton** LE CLUB DES MÉTIERS BIZARRES
473. **Eugène Ionesco** LA PHOTO DU COLONEL
474. **André Gide** LE VOYAGE D'URIEN
475. **Julio Cortázar** OCTAÈDRE
476. **Bohumil Hrabal** LA CHEVELURE SACRIFIÉE

477. **Sylvia Townsend Warner** UNE LUBIE DE MONSIEUR FORTUNE
478. **Jean Tardieu** LE PROFESSEUR FRŒPPEL
479. **Joseph Roth** CONTE DE LA 1002E NUIT
480. **Kôbô Abe** CAHIER KANGOUROU
481. **Rainer Maria Rilke, Boris Pasternak, Marina Tsvétaïeva** CORRESPONDANCE À TROIS
482. **Philippe Soupault** HISTOIRE D'UN BLANC
483. **Malcolm de Chazal** LA VIE FILTRÉE
484. **Henri Thomas** LE SEAU À CHARBON
485. **Flannery O'Connor** L'HABITUDE D'ÊTRE
486. **Erskine Caldwell** UN PAUVRE TYPE
487. **Florence Delay** MINUIT SUR LES JEUX
488. **Sylvia Townsend Warner** LE CŒUR PUR
489. **Joao Ubaldo Ribeiro** SERGENT GETULIO
490. **Thomas Bernhard** BÉTON
491. **Iris Murdoch** LE PRINCE NOIR
492. **Christian Dotremont** LA PIERRE ET L'OREILLER
493. **Henri Michaux** FAÇONS D'ENDORMI, FAÇONS D'ÉVEILLÉ
494. **Meša Selimović** LE DERVICHE ET LA MORT
495. **Francis Ponge** NIOQUE DE L'AVANT-PRINTEMPS
496. **Julio Cortázar** TOUS LES FEUX LE FEU
497. **William Styron** UN LIT DE TÉNÈBRES
498. **Joseph Roth** LA TOILE D'ARAIGNÉE
499. **Marc Bernard** VACANCES
500. **Romain Gary** L'HOMME À LA COLOMBE
501. **Maurice Blanchot** AMINADAB
502. **Jean Rhys** LA PRISONNIÈRE DES SARGASSES
503. **Jane Austen** L'ABBAYE DE NORTHANGER
504. **D. H. Lawrence** JACK DANS LA BROUSSE
505. **Ivan Bounine** L'AMOUR DE MITIA
506. **Thomas Raucat** L'HONORABLE PARTIE DE CAMPAGNE
507. **Frederic Prokosch** HASARDS DE L'ARABIE HEUREUSE
508. **Julio Cortázar** FIN DE JEU
509. **Bruno Schulz** LES BOUTIQUES DE CANNELLE

510. **Pierre Bost** MONSIEUR LADMIRAL VA BIENTÔT MOURIR
511. **Paul Nizan** LE CHEVAL DE TROIE
512. **Thomas Bernhard** CORRECTIONS
513. **Jean Rhys** VOYAGE DANS LES TÉNÈBRES
514. **Alberto Moravia** LE QUADRILLE DES MASQUES
515. **Hermann Ungar** LES HOMMES MUTILÉS
516. **Giorgi Bassani** LE HÉRON
517. **Marguerite Radclyffe Hall** LE PUITS DE SOLITUDE
518. **Joyce Mansour** HISTOIRES NOCIVES
519. **Eugène Dabit** LE MAL DE VIVRE
520. **Alberto Savinio** TOUTE LA VIE
521. **Hugo von Hofmannsthal** ANDRÉAS ET AUTRES RÉCITS
522. **Charles-Ferdinand Ramuz** VIE DE SAMUEL BELET
523. **Lieou Ngo** PÉRÉGRINATIONS D'UN CLOCHARD
524. **Hermann Broch** LE TENTATEUR
525. **Louis-René Des Forêts** PAS À PAS JUSQU'AU DERNIER
526. **Bernard Noël** LE 19 OCTOBRE 1977
527. **Jean Giono** LES TROIS ARBRES DE PALZEM
528. **Amos Tutuola** L'IVROGNE DANS LA BROUSSE
529. **Marcel Jouhandeau** DE L'ABJECTION
530. **Raymond Guérin** QUAND VIENT LA FIN
531. **Mercè Rodoreda** LA PLACE DU DIAMANT
532. **Henry Miller** LES LIVRES DE MA VIE
533. **R. L. Stevenson** OLLALA DES MONTAGNES
534. **Ödön von Horváth** UN FILS DE NOTRE TEMPS
535. **Rudyard Kipling** LA LUMIÈRE QUI S'ÉTEINT
536. **Shelby Foote** TOURBILLON
537. **Maurice Sachs** ALIAS
538. **Paul Morand** LES EXTRAVAGANTS
539. **Seishi Yokomizo** LA HACHE, LE KOTO ET LE CHRYSANTHÈME
540. **Vladimir Makanine** LA BRÈCHE
541. **Robert Walser** LA PROMENADE
542. **Elio Vittorini** LES HOMMES ET LES AUTRES
543. **Nedim Gürsel** UN LONG ÉTÉ À ISTANBUL

544. **James Bowles** DEUX DAMES SÉRIEUSES
545. **Paul Bowles** RÉVEILLON À TANGER
546. **Hervé Guibert** MAUVE LE VIERGE
547. **Louis-Ferdinand Céline** MAUDITS SOUPIRS POUR UNE AUTRE FOIS
548. **Thomas Bernhard** L'ORIGINE
549. **J. Rodolfo Wilcock** LE STÉRÉOSCOPE DES SOLITAIRES
550. **Thomas Bernhard** LE SOUFFLE
551. **Beppe Fenoglio** LA PAIE DU SAMEDI
552. **James M. Cain** MILDRED PIERCE
553. **Alfred Döblin** VOYAGE BABYLONIEN
554. **Pierre Guyotat** PROSTITUTION
555. **John Dos Passos** LA GRANDE ÉPOQUE
556. **Cesare Pavese** AVANT QUE LE COQ CHANTE
557. **Ferdinando Camon** APOTHÉOSE
558. **Pierre Drieu la Rochelle** BLÈCHE
559. **Paul Morand** FIN DE SIÈCLE
560. **Juan Marsé** LE FANTÔME DU CINÉMA ROXY
561. **Salvatore Satta** LA VÉRANDA
562. **Erskine Caldwell** TOUTE LA VÉRITÉ
563. **Donald Windham** CANICULE
564. **Camilo José Cela** LAZARILLO DE TORMÈS
565. **Jean Giono** FAUST AU VILLAGE
566. **Ivy Compton-Burnett** DES HOMMES ET DES FEMMES
567. **Alejo Carpentier** LE RECOURS DE LA MÉTHODE
568. **Michel de Ghelderode** SORTILÈGES
569. **Mercè Rodoreda** LA MORT ET LE PRINTEMPS
570. **Mercè Rodoreda** TANT ET TANT DE GUERRE
571. **Peter Matthiessen** EN LIBERTÉ DANS LES CHAMPS DU SEIGNEUR
572. **Damon Runyon** NOCTURNES DANS BROADWAY
573. **Iris Murdoch** UNE TÊTE COUPÉE
574. **Jean Cocteau** TOUR DU MONDE EN 80 JOURS
575. **Juan Rulfo** LE COQ D'OR
576. **Joseph Conrad** LA RESCOUSSE
577. **Jaroslav Hašek** DERNIÈRES AVENTURES DU BRAVE SOLDAT CHVÉÏK

578. **Jean-Loup Trassard** L'ANCOLIE
579. **Panaït Istrati** NERRANTSOULA
580. **Ana María Matute** LE TEMPS
581. **Thomas Bernhard** EXTINCTION
582. **Donald Barthelme** LA VILLE EST TRISTE
583. **Philippe Soupault** LE GRAND HOMME
584. **Robert Walser** LA ROSE
585. **Pablo Neruda** NÉ POUR NAÎTRE
586. **Thomas Hardy** LE TROMPETTE-MAJOR
587. **Pierre Bergounioux** L'ORPHELIN
588. **Marguerite Duras** NATHALIE GRANGER suivi de LA FEMME DU GANGE
589. **Jean Tardieu** LES TOURS DE TRÉBIZONDE
590. **Stéphane Mallarmé** THÈMES ANGLAIS POUR TOUTES LES GRAMMAIRES
591. **Sherwood Anderson** WINESBURG-EN-OHIO
592. **Luigi Pirandello** VIEILLE SICILE
593. **Guillaume Apollinaire** LETTRES À LOU
594. **Emmanuel Berl** PRÉSENCE DES MORTS
595. **Charles-Ferdinand Ramuz** LA SÉPARATION DES RACES
596. **Michel Chaillou** DOMESTIQUE CHEZ MONTAIGNE
597. **John Keats** LETTRES À FANNY BRAWNE
598. **Jean Métellus** LA FAMILLE VORTEX
599. **Thomas Mofolo** CHAKA
600. **Marcel Jouhandeau** LE LIVRE DE MON PÈRE ET DE MA MÈRE
601. **Hans Magnus Enzensberger** LE BREF ÉTÉ DE L'ANARCHIE
602. **Raymond Queneau** UNE HISTOIRE MODÈLE
603. **Joseph Kessel** AU GRAND SOCCO
604. **Georges Perec** LA BOUTIQUE OBSCURE
605. **Pierre Jean Jouve** HÉCATE suivi de VAGADU
606. **Jean Paulhan** BRAQUE LE PATRON
607. **Jean Grenier** SUR LA MORT D'UN CHIEN
608. **Nathaniel Hawthorne** VALJOIE
609. **Camilo José Cela** VOYAGE EN ALCARRIA
610. **Leonardo Sciascia** TODO MODO

611. **Théodor Fontane** MADAME JENNY TREIBEL
612. **Charles-Louis Philippe** CROQUIGNOLE
613. **Kôbô Abé** RENDEZ-VOUS SECRET
614. **Pierre Bourgeade** NEW YORK PARTY
615. **Juan Carlos Onetti** LE CHANTIER
616. **Giorgio Bassani** L'ODEUR DU FOIN
617. **Louis Calaferte** PROMENADE DANS UN PARC
618. **Henri Bosco** UN OUBLI MOINS PROFOND
619. **Pierre Herbart** LA LIGNE DE FORCE
620. **V. S. Naipaul** MIGUEL STREET
621. **Novalis** HENRI D'OFTERDINGEN
622. **Thomas Bernhard** LE FROID
623. **Iouri Bouïda** LE TRAIN ZÉRO
624. **Josef Škvorecký** MIRACLE EN BOHÊME
625. **Kenzaburô Ôé** ARRACHEZ LES BOURGEONS, TIREZ SUR LES ENFANTS
626. **Rabindranath Tagore** MASHI
627. **Victor Hugo** LE PROMONTOIRE DU SONGE
628. **Eugène Dabit** L'ÎLE
629. **Herman Melville** OMOU
630. **Juan Carlos Onetti** LES BAS-FONDS DU RÊVE
631. **Julio Cortázar** GÎTES
632. **Silvina Ocampo** MÉMOIRES SECRÈTES D'UNE POUPÉE
633. **Flannery O'Connor** LA SAGESSE DANS LE SANG
634. **Paul Morand** LE FLAGELLANT DE SÉVILLE
635. **Henri Michaux** DÉPLACEMENTS DÉGAGEMENTS
636. **Robert Desnos** DE L'ÉROTISME
637. **Raymond Roussel** LA DOUBLURE
638. **Panaït Istrati** ONCLE ANGHEL
639. **Henry James** LA MAISON NATALE
640. **André Hardellet** DONNEZ-MOI LE TEMPS suivi de LA PROMENADE IMAGINAIRE
641. **Patrick White** UNE CEINTURE DE FEUILLES
642. **F. Scott Fitzgerald** TOUS LES JEUNES GENS TRISTES
643. **Jean-Jacques Schuhl** TÉLEX N° 1

644. **Guillaume Apollinaire** LES TROIS DON JUAN
645. **Curzio Malaparte** LE BAL AU KREMLIN
646. **Rainer Maria Rilke** DEUX HISTOIRES PRAGOISES
647. **Junichirô Tanizaki** LE SECRET ET AUTRES TEXTES
648. **V. S. Naipaul** UN DRAPEAU SUR L'ÎLE
649. **Adalbert Stifter** LES GRANDS BOIS
650. **Joseph Conrad** AU CŒUR DES TÉNÈBRES
651. **Piotr Rawicz** LE SANG DU CIEL
652. **Julio Cortázar** FAÇONS DE PERDRE
653. **Henri Calet** DE MA LUCARNE
654. **William Faulkner** LES LARRONS
655. **Truman Capote** LES CHIENS ABOIENT
656. **Robert Walser** LE BRIGAND
657. **Jean Rhys** SOURIEZ, S'IL VOUS PLAÎT
658. **Mouloudji** ENRICO
659. **Philippe Soupault** CHARLOT
660. **Patrick White** ÉDEN-VILLE
661. **Beppe Fenoglio** L'EMBUSCADE
662. **Cesare Pavese** LE BEL ÉTÉ
663. **Iris Murdoch** AMOUR PROFANE, AMOUR SACRÉ
664. **Giuseppe Antonio Borgese** VIE DE FILIPPO RUBÈ
665. **Federico García Lorca** IMPRESSIONS ET PAYSAGES
666. **Blaise Cendrars** MON VOYAGE EN AMÉRIQUE suivi du RETOUR
667. **Graciliano Ramos** SÃO BERNARDO
668. **Darcy Ribeiro** UTOPIE SAUVAGE
669. **Pierre Gascar** LE PRÉSAGE
670. **Cesare Pavese** SALUT MASINO
671. **D. H. Lawrence** LES FILLES DU PASTEUR
672. **Violette Leduc** LA VIEILLE FILLE ET LE MORT
673. **Marcel Proust** CHRONIQUES
674. **Philippe Soupault** LE TEMPS DES ASSASSINS
675. **Claudio Magris** ENQUÊTE SUR UN SABRE
676. **Alejo Carpentier** CHASSE À L'HOMME
677. **Roger Caillois** PONCE PILATE

678. **Jean Paulhan** LE GUERRIER APPLIQUÉ. PROGRÈS EN AMOUR ASSEZ LENTS. LALIE

679. **Milan Füst** L'HISTOIRE DE MA FEMME

680. **Marc Bernard** MAYORQUINAS

681. **Ernst von Salomon** LE QUESTIONNAIRE

682. **Nelson Algren** LA RUE CHAUDE

683. **Thomas Bernhard** UN ENFANT

684. **Jorge Luis Borges** ANTHOLOGIE PERSONNELLE

685. **Violette Leduc** LA FEMME AU PETIT RENARD

686. **Isaac Babel** CONTES D'ODESSA suivi de NOUVELLES

687. **Karen Blixen** LETTRES D'AFRIQUE 1914-1931

688. **Robert Desnos** NOUVELLES HÉBRIDES suivi de DADA-SURRÉALISME 1927

689. **Kenzaburô Ôé** LE JEU DU SIÈCLE

690. **Joseph Conrad** UN PARIA DES ÎLES

691. **Inès Cagnati** LE JOUR DE CONGÉ

692. **Kenzaburô Ôé** LE FASTE DES MORTS

693. **Raymond Queneau** LE DIMANCHE DE LA VIE

694. **Louis Calaferte** C'EST LA GUERRE

695. **Vladimir Nabokov** ROI, DAME, VALET

696. **Lawrence Durrell** LE SOURIRE DU TAO

697. **Henri Calet** FIÈVRE DES POLDERS

698. **Eugène Ionesco** LE BLANC ET LE NOIR

699. **Erskine Caldwell** LES VOIES DU SEIGNEUR

700. **Vassili Axionov** L'OISEAU D'ACIER

701. **John Updike** COUPLES

702. **Thomas Bernhard** LES MANGE-PAS-CHER

703. **Alejo Carpentier** LA DANSE SACRALE

704. **John Edgar Wideman** DEUX VILLES

705. **Réjean Ducharme** DÉVADÉ

706. **Lawrence Osborne** ANIA MALINA

707. **René Depestre** ALLÉLUIA POUR UNE FEMME-JARDIN

708. **Hector Bianciotti** SANS LA MISÉRICORDE DU CHRIST

709. **Nathalie Sarraute** MARTEREAU

Composition : IGS-CP à L'Isle-d'Espagnac (16)
Achevé d'imprimer par Dupli-Print à Domont (95) en septembre 2021
Dépôt légal : septembre 2021
Numéro d'imprimeur : 2021092868
ISBN : 978-2-07-295751-2 / Imprimé en France
399308